# ZONA LIVRE

ANDRÉ DE CARVALHO

ORIGINAL
PIPOCA & NANQUIM

© André de Carvalho, 2023.

© Pipoca & Nanquim, para a edição brasileira, 2023.

Todos os direitos reservados.

É proibida a reprodução total ou parcial desta obra sem autorização prévia dos editores.

Preparação de texto
**ALEXANDRE CALLARI**

Revisão
**ANGÉLICA ANDRADE LOPES**

Assistentes editoriais
**RODRIGO GUERRINO, LUCIANE YASAWA** e **GABRIELA YUKI KATO**

Diagramação e projeto gráfico
**CAMILA SUZUKI**

Ilustração da capa
**ALEXANDRE CARVALHO**

Design da capa
**GUILHERME BARATA**

Direção de arte
**ARION WU**

Direção editorial
**ALEXANDRE CALLARI, BRUNO ZAGO** e **DANIEL LOPES**

Editor
**ALEXANDRE CALLARI**

Impressão e acabamento
**IPSIS GRÁFICA**

Setembro de 2023

Dados Internacionais de Catalogação na Publicação (CIP)

C331z    Carvalho, André de
           Zona livre / André de Carvalho. – São Paulo : Pipoca & Nanquim, 2023.
           100 p. : il.
           ISBN: 978-65-89912-82-8
           1. Literatura fantástica. 2. Ficção científica. I. Título.
                                                 CDD: B869
                                  CDU: 821.134.3(81)

André Queiroz – CRB-4/2242

pipocaenanquim.com.br
youtube.com/pipocaenanquim
instagram.com/pipocaenanquim
editora@pipocaenanquim.com.br

# SUMÁRIO

## PARTE 1

Capítulo 1 ............................................. 7
Capítulo 2 ............................................ 12
Capítulo 3 ............................................ 17
Capítulo 4 ............................................ 21
Capítulo 5 ............................................ 28
Capítulo 6 ............................................ 31
Capítulo 7 ............................................ 34
Capítulo 8 ............................................ 43
Capítulo 9 ............................................ 47
Capítulo 10 .......................................... 51
Capítulo 11 .......................................... 56
Capítulo 12 .......................................... 59

## PARTE 2

Capítulo 1 ............................................ 65
Capítulo 2 ............................................ 69
Capítulo 3 ............................................ 76
Capítulo 4 ............................................ 83
Capítulo 5 ............................................ 85
Capítulo 6 ............................................ 92
Capítulo 7 ............................................ 95

# PARTE 1

# 1.

O brilho da estação multitarefas inundou a sala, provocando um baque nos fotorreceptores de Filipe. Uma tela cheia de ícones aguardava comando.

— Bolha — disse Filipe, os olhos semicerrados, saudoso por usar a voz, quando a norma era ativar funções apenas com o pensamento.

A memória compartilhada por Dani saltou na tela, sobreposta por um cadeado. Posto que não usava neurolink, Filipe só conseguia ver a caixa de comentários, repleta de mensagens elogiosas.

Filipe não sabia até que ponto era saudável manter sua ex na Bolha. Dani irradiava uma felicidade infantil, que ele preferia crer inautêntica. Era presença constante no feed, com suas recordações de memovision, projeções de pensamentos e vídeos feitos com a extensão Olhos, tudo calculadamente espontâneo, com ameis em quantidade. Filipe nunca deu bola para ameis. Não lhe prometiam afeto, tampouco amizade. Com todas essas redes sociais, ele ainda se sentia sozinho.

Dani aderiu ao neurolink no final do relacionamento. Filipe associava sua brusca mudança ao dia em que começara a andar com aquela porcaria na cabeça. O neurolink popularizou os wireheads de captação de ondas cerebrais. Embora esses dispositivos não fossem nenhuma novidade, verdade seja dita, quase ninguém os utilizava até que a Sygma Corp lançasse seu produto. O neurolink era o triunfo da realidade aumentada. Dentro dele, havia uma rede de artérias de silício que varria as interconexões sinápticas e interagia com o sistema nervoso central, processando as informações dos neurotransmissores através do input de uma interface no campo de visão do usuário. Adereço plugável na têmpora, disponível em variedade de cores e formas, era conhecido como o piercing do futuro. A aplicação nem sequer doía. Para Filipe, não passava de um modismo besta.

— Previsão do tempo — pediu ele.

A luz que incidiu sobre seu rosto deu um tom dourado à sua pele castanha. O avatar padrão de uma jovem loira usando capa de plástico surgiu na tela e anunciou chuva.

— Voa Leque — disse Filipe, solicitando conexão com o aplicativo para o qual prestava serviços.

Fazia quatro anos que trabalhava para a Voa Leque. O que era para ser uma solução provisória, acabou se prolongando por tempo indeterminado. Filipe gostava do agito das ruas. Ser aeromensageiro era melhor do que passar o dia preso diante de uma tela, com um chefe gritando na orelha.

Sendo autônomo, podia ficar em casa sem ter que fingir doença, mas, ao consultar a aba de rendimentos, ficou decepcionado com a merreca de créditos disponíveis na conta. Apesar do desânimo com a perspectiva de um dia inteiro pela frente, folgar só por causa do mau tempo era um luxo que não podia se permitir. As engrenagens nunca paravam de girar, e chuva significava alta demanda de trabalho.

— Hibernar — disse Filipe, restabelecendo a escuridão na sala.

Foi ao banheiro e girou o misturador monocomando. Pingos marrons se derramaram sobre as cerâmicas rachadas do box. Mesmo com as chuvas, o nível dos reservatórios que abasteciam São Paulo permanecia muito baixo. O estado adotara rodízios para contornar a crise hídrica, às vezes suspendendo o fornecimento sem aviso prévio. O resultado disso era uma variedade de catingas pairando pela cidade, uns fedores de zoológico. Não era à toa que a indústria de desodorantes e águas de colônia estava em alta. Mil produtos foram inventados para mascarar o cheiro de humanidade. De acordo com as evidências empíricas da sabedoria popular, o mais eficaz era o Higienizer, com suas 120 horas de proteção. Filipe lavou-se com a água que havia reservado em um balde. Enxaguou o sovaco, agitou o Higienizer e pressionou o bico. Só saiu ar. Arremessou a lata no cesto.

Vestiu-se e colocou a capa com o emblema da Voa Leque por cima do moletom esgarçado. Uma notificação do aplicativo da Voa Leque entrou no celular. Filipe aceitou e saiu do prédio de mochila nas costas, pronto para começar as entregas. A espuma do capacete pressionada contra os ouvidos abafava o ronco dos motores e o ribombar dos trovões no céu carregado. Nódoas se espalhavam pelas nuvens de chumbo, tirando a legitimidade do amanhecer.

Filipe alçou voo e misturou-se ao enxame de hoverboarders e condutores de aerocarros, torcendo para que não chovesse granizo. Seguindo as instruções do GPS, levou remessas de um ponto a outro da cidade. Deslizando sobre as enchentes da superfície, atendeu a seis solicitações. Parou por volta das duas e comeu churrasco grego com suco 0800.

No turno da tarde, as entregas diminuíam. Todos queriam tudo para o primeiro horário. Como em dias de chuva o número de aeromensageiros disponíveis era menor, Filipe deu sorte de conseguir uma chamada de 150 créditos.

Retirou a papelada num escritório de advocacia e se dirigiu ao cartório. Travou o board debaixo da marquise e ficou uma hora plantado com uma senha numérica em mãos. Guardou os documentos na mochila e se preparou para seguir sentido Zona Sul. O volume de chuva tinha aumentado. Os pingos que espicaçavam a viseira do capacete o obrigaram a manter uma velocidade cautelar. O véu de água comprometia sua visibilidade.

Filipe sobrevoava a Av. São João a vinte e dois metros do solo quando foi fechado por um entregador de comida da Foodex. Colidiu contra um telão de propaganda. Uma lasca de fibra se despegou do hoverboard. O propulsor eletromagnético oscilou. Fazia anos que o paraquedas embutido no board não passava por uma revisão. Poderia ter lhe custado a vida, caso dele precisasse.

Emparelhou com o entregador e deu-lhe um empurrão, fazendo-o girar nas alturas. A rivalidade entre aeromensageiros e marmiteiros era recente. Uma pendenga cindiu o sindicato que unia a classe, dividindo os grupos. Um lado desacreditou da representatividade sindical, enquanto o outro a controlou. Desde então, os hoverboarders voavam por aí apontando dedos e trocando ofensas, alimentando uma rixa que não parecia ter fim.

— Tá me tirando, meu? — disse Filipe.
— Vamos resolver isso que nem homem — retrucou o

entregador da Foodex, indicando a calçada. Filipe, que nunca tinha sido de arregar, aterrissou e tirou o capacete.

— Se tiver zoado meu board, cê vai pagar o conserto.

— Não vou pagar porra nenhuma! Cê que cortou a frente! Vocês, leques, são uns cus! — gritou o marmiteiro, jogando a bag no chão. Ao levantar a viseira, revelou um neurolink plugado na cabeça.

— Vai me filmar com essa bosta aí, haole?! — gritou Filipe.

Aí o caldo engrossou. Chamar um boarder de haole era pior que xingar a mãe. Os dois começaram a se agarrar pelas capas, um tentando aplicar um hiza-guruma no outro, até que a barca aérea da polícia apontou uma lanterna holofote, agredindo suas retinas.

— Ó os gambé! — gritou Filipe, se dispersando às cegas. Se havia algo que ainda unia os hoverboarders, era o medo de abordagens policiais.

O painel do hoverboard de Filipe piscava intermitente. Cismado com as engasgadas no propulsor quando pisava fundo no pedal dianteiro, parou para rodar um teste de funcionamento, que indicou normalidade.

A recepcionista estava só no aguardo da entrega para poder ir embora. O escritório encerrara o expediente antes que Filipe pudesse retornar com os documentos amassados.

— Te dei uma estrela — ela disse. — Péssimo serviço!

Filipe sentia a cabeça tão pesada, que nem articulou desculpas. Dali foi direto para a oficina. O mecânico foi devolver o board quase de madrugada. Filipe ficou na pindaíba e chegou em casa fritando. Teria que trabalhar a semana toda só para cobrir a despesa.

•••

A barriga de Filipe doía religiosamente por volta das sete. Funcionava como um despertador biológico. Ele passou tanto tempo sentado no vaso, mexendo no celular, que se levantou com a perna formigando.

Após fazer suas necessidades matinais, foi para a sala e ligou a estação multitarefas. Na tela inicial, uma bolinha vermelha se sobrepunha ao ícone do aplicativo da Voa Leque. Abriu a notificação. Solicitavam, com urgência, seu comparecimento à sede da empresa, sem especificar o assunto.

Filipe tomou o café às pressas. As duas insígnias, uma pela agilidade e outra por bater trinta entregas num único dia, ficaram girando na home do app.

Surfou até a Av. Paulista e entrou no prédio da Voa Leque. Na sala de espera, formulava os argumentos que usaria caso fosse questionado sobre o atraso na entrega do dia anterior. Não havia tanto o que pensar. A culpa não era dele. Tinha sido apenas um acidente. Era só dizer a verdade, sem rodeios.

A recepcionista acenou para Filipe, autorizando sua entrada no gabinete do gerente. Ele abriu a porta e cumprimentou o homem de meia-idade, com cabelos descoloridos e arrepiados com gel. Sua camisa polo tinha bordado de jacaré. Seus braços, cheios de tatuagens, estavam escorados sobre a mesa.

— Bom dia. Filipe, né? Entre, por favor. — O gerente pigarreou e prosseguiu: — Recebi um relato grave de atraso na entrega. Você devolveu os papéis em péssimas condições e, ainda por cima, se envolveu numa discussão cheia de palavras de baixo calão, chegando a se engalfinhar com outro entregador. Não toleramos esse comportamento na Voa Leque.

— Isso não vai voltar a acontecer — disse Filipe, com as mãos nos bolsos. — A culpa foi do marmiteiro da Foodex. O senhor pode ver no meu prontuário que nunca atrasei uma entrega.

— Entendo que pode ter sido um incidente isolado, Filipe, mas não podemos ignorar a gravidade da situação. Não dá pra sair com nossa capa fazendo uma série de barbaridades. Todo aeromensageiro da Voa Leque é um cartão de visitas vivo.

O gerente executou um arquivo no computador, virou a tela para Filipe e cruzou os braços. Um vídeo feito com a extensão Olhos do neurolink foi reproduzido. Mostrava a Av. São João girando na horizontal. Era a visão do entregador da Foodex quando empurrado por Filipe. O gerente pausou o vídeo logo depois de o marmiteiro dizer *vocês, leques, são uns cus*. Voltou a frase duas vezes. Deixou o vídeo avançar até o ponto em que Filipe dizia *ó os gambé*. O rosto de Filipe ficou congelado em tela cheia, com a boca aberta, fiapos de churrasco grego visíveis entre os dentes.

— Esse vídeo está por toda a internet, prejudicando a imagem da Voa Leque — disse o gerente.

Filipe sentiu um nó na garganta.

— Não estava sabendo, senhor.

— Você ignorou tudo o que te ensinaram nos treinamentos. — O gerente puxou a tela para si, e acrescentou: — Não tem lugar pra maloqueiro aqui na Voa Leque. Com a gente, você não trabalha mais. Aguardamos a devolução da capa e da mochila impermeável.

Filipe digeriu mal todo aquele pepino. Sabia que poderia ser repreendido, mas não lhe passara pela cabeça uma punição tão severa. Estava inconsolável. A exclusão repentina do quadro de leques deixou-o indiferente aos relógios e calendários. Fazia dias que não botava a cara na rua. Nem a fome clamava urgência. No meio da tarde, recorria ao delivery só para não morrer de inanição, pedindo qualquer coisa barata que servisse de almojanta e que os drones entregassem na janela. Se recusava a dar um tostão à Foodex. Acostumou-se a passar longos períodos em jejum, ludibriando os sinais do hipotálamo com nicotina.

Pôr a Voa Leque no pau seria desperdício de energia. Ele só queria entender como o vídeo pôde parar nas mãos do gerente tão rápido. Em busca de respostas, trocou dias por noites, navegando em sites obscuros, sobretudo os que continham teorias da conspiração envolvendo a Sygma. Passava horas lendo artigos que pudessem confirmar suas suspeitas. Encontrou quem acreditasse que a Terra estava murchando, que o presidente da China era um robô, que a PM escondia um esquadrão de borgues em seus porões. O histórico de pesquisas do navegador era um atestado de insanidade. Por mais bizarras que fossem as páginas em que caía, em meio a tantos disparates, havia alguma lucidez, tal como na teoria de que a Sygma, por trás da promessa de expansão das capacidades cognitivas, utilizava o neurolink para vigiar os brasileiros na caruda.

Filipe se "juntou à revolução" por curiosidade. Era o que estava escrito em vez de "cadastre-se", num fórum da web profunda chamado Zona Livre. No lugar dos termos e condições, havia um manifesto contra a coleta de dados e a neurificação da tecnopolítica. O autor era um tal de Parça que, embora mencionado com frequência, pouco participava dos debates.

O cansaço que consumia Filipe não era apenas físico; era um cansaço da vida, de ter de ficar desperto por pelo menos doze horas sem ter nada significativo para fazer, sem dinheiro para dar um rolê, sem amigos para chamar para sair. A sensação de estar sendo vigiado só agravava sua paranoia. Com tempo ocioso de sobra, apegou-se à Zona Livre como uma espécie de tábua de salvação. Navegar pelo fórum era uma das poucas atividades não minadas pela apatia. Ele chegou chegando na comunidade. Ressuscitou tópicos antigos, propôs novas reflexões e acolheu os calouros, ainda que ele próprio fosse um. Graças à assiduidade e à repercussão do vídeo viral, Filipe logo ficou conhecido, e conquistou o respeito até de membros veteranos, que se solidarizavam com o abuso do qual havia sido vítima.

Os usuários da Zona Livre tinham um discurso engajado. Por vezes, pendiam ao radicalismo. Filipe tentava descobrir se aquilo era garganta ou bala na agulha mesmo. Diferente de boa parte dos fóruns de discussão das profundezas da internet, o pessoal da Zona Livre mostrava um alto nível de conhecimento sobre os temas debatidos. Um usuário de nick Tantã indicou, por mensagem privada, o link para um e-zine em que havia um texto especulando que o SRF (Sistema de Reconhecimento Facial) dos Olhos, do neurolink, era integrado com um convênio de corporações. Isso explicaria como o gerente da Voa Leque pôde identificá-lo com a mesma presteza com que o vídeo se alastrara.

Filipe acendeu seu último cigarro na janela, observando as gotas de chuva escorrerem pelo vidro. Abriu a Bolha no celular e zapeou pelo feed. Os algoritmos, cientes de suas pesquisas recorrentes, exibiram um anúncio do neurolink: *a internet que não sai da sua cabeça*. Rolando a linha do tempo, vexou-se ao topar outra vez com o infame vídeo viral, que o mostrava brigando com o entregador da Foodex. Ao dar o play, sentiu vergonha por ser exposto tão fora de si. Depois, ficou pensando quem é que não perderia a linha naquela situação.

Tomado de impulsividade, em certa medida sentindo-se empoderado pelas informações recém-adquiridas na Zona Livre, digitou um comentário com dedos trêmulos, o cigarro pendendo aceso no canto da boca.

*O neurolink opera com um sistema de cache que armazena cookies de memórias pessoais no disco local, supostamente para desafogar o uso dos processadores e melhorar a performance. O que eles não dizem é que os cookies são transferidos para a nuvem. Vc, que usa o neurolink pra tudo, leu as 6k páginas de políticas de privacidade? Duvido! Hoje, o bem mais valioso é a informação, e nós a entregamos de mãos beijadas para a Sygma. Perdi meu emprego por causa do SRF deles. Quer compartilhar? Fmz! Quer rir do vídeo? Não me abalo! Neurolink, Bolha, pro inferno com esses bgl, bando de ignorantes!!!*

As pessoas reagiram ao desabafo com emojis de riso de escárnio e rubro de puto. O comentário logo se tornou o mais respondido, alcançando o topo da publicação.

*@Filipe virou conspiracionista, mano?*
*Não viaja! Isso é fake news!*
*Vc acha que a @Sygma tem tempo de ficar espionando cada um de nós?*
*Carregar mais comentários...*

Filipe ficou surpreso com a avalanche de respostas. A Sygma tinha defensores ferrenhos, que pareciam não aceitar críticas à empresa. Um deles não tardou em denunciar seu comentário por propagar conteúdo falso, o que acabou rendendo um block na Bolha. Consternado, Filipe jogou o celular no sofá e foi até a mercearia da esquina para comprar cigarro. Não aguentaria espremer bitucas e enrolar mata-ratos em papel de arroz até o dia seguinte.

Ao voltar, tomou um susto ao abrir a porta. A cortina blecaute tremulava. Alguém estava sentado na cadeira ao lado da janela.

— Apartamento maneiro — disse a figura nas sombras. — Só precisa de alguns reparos.

Filipe se manteve próximo à porta. O homem permaneceu sentado, aparentando tranquilidade. Ao seu lado, havia um hoverboard em stand-by, com um ponto vermelho aceso.

— Leve o que quiser — disse Filipe.

— Calma. Não vou te assaltar — disse o homem. — Permita que eu me apresente: meu nome é Diego, sou representante comercial da Sygma.

Filipe alisou a fronte úmida e enxugou os dedos na calça.

— Esse é o marketing mais agressivo que já vi.

— Meu trabalho está mais para ouvidoria do que para marketing, mas não vem ao caso. Só quero entender o motivo de você não gostar do neurolink. Pode se abrir comigo, Filipe.

Quando o intruso disse seu nome, Filipe cerrou os punhos. Suas mãos tremiam.

— Não é da sua conta!

— O neurolink é quase uma unanimidade na Amazônia Store, então, sim, isso é da nossa conta.

— Odeio essa merda que vocês fabricam! A Sygma está arrebanhando um exército de alienados!

— Equivocado esse teu conceito de alienação. Setenta e dois por cento da população adulta de São Paulo utiliza o neurolink. Estou te convidando para entrar para o nosso time. Posso te oferecer um desconto?

— Só compraria um neurolink se fosse para pisar em cima e dar uma estrela.

— Sinto informar que isso não faria nem cócegas na nossa nota geral.

O representante comercial se levantou e parou próximo à janela, num canto iluminado por um canhão de luz no topo de um prédio. Vestia uma camisa com os últimos botões abertos. Carregava uma correntinha dourada no peito e um sorriso cheio de malícia no rosto.

— Sei pelo que você está passando.

— Sabe porra nenhuma — respondeu Filipe. — Cê só quer que eu enfie esse negócio na minha cabeça!

— É. De fato, ainda sei pouco. Estamos nos conhecendo.

— Vaza!

— Acho que consigo te dar um neurolink de graça. Vou ver com o chefe...

— Vou quebrar tua fuça!

— Não vou desistir de você, viu, Lipe? Tem problema eu te chamar de Lipe? Você é estressado, cara. Vai acabar tendo um piripaque. — Diego ativou o board. O logo da Sygma cintilou no shape. — Sayonara, siminino! — disse ele, antes de mergulhar janela afora e sair surfando entre os edifícios.

Após o inesperado encontro, Filipe ficou com uma sensação de impotência. Às pressas, relatou o ocorrido no fórum da Zona Livre, atualizando o tópico de minuto em minuto, para checar se alguém havia respondido. Era sexta-feira. Sabia que todos estavam meio off, mas não conseguia se desligar.

Por volta das duas da manhã, desencanou. Pilhado demais para dormir, saiu de casa, decidido a investir seus últimos trocados num pileque. Caía uma fina chuva molha-bobo. As ruas estavam desertas. Num muro à sua direita, cartazes lambidos com cola forte mostravam a cabeça do atual governador adornada com guampas. Uma criatura da noite filou um cigarro e tentou encher o saco com uma história triste. Filipe o deixou falando sozinho. Debaixo do toldo de uma loja de bijuterias, um cara sinistro pra cacete media seus passos. Tinha pinta desses carniceiros que saem rasgando transeuntes em busca de órgãos em bom estado para vender a bancos clandestinos. Fosse o que fosse, não mexeu com ele. Carniceiros de rua sabiam identificar pessoas saudáveis sem abri-las, e o aspecto de Filipe não andava dos melhores.

Foi na pernada até o Centro e entrou num boteco. Misturou cerveja com maria-mole e ficou compenetrado nos aplicativos do celular. As horas escorreram.

O sol apareceu de tocaia por detrás das nuvens. Filipe estava bêbado. Dirigiu-se à estação de metrô e embarcou sentido Jabaquara, num vagão quase vazio. Algo desajustado vibrava nas estruturas, uma suspensão mal revisada, que o fazia sacolejar ao barulho do atrito do truque contra os trilhos. O bater percussivo de uma estrutura metálica frouxa no teto dava vertigem. Conteúdos gástricos se remexiam em suas profundezas.

Na estação Liberdade, uma passageira embarcou e sentou-se no banco à sua frente. Usava uma jaqueta vermelha. Tinha um piercing de argola no nariz e o cabelo cortado rente à cabeça. Fixou os olhos nele.

Filipe se curvou e chamou o hugo, esparramando uma bacia hidrográfica de vômito no piso emborrachado. A passageira se achegou e tocou seu ombro.

— Toma, chupa uma bala — disse ela.

— Não aceito bala de gente estranha — disse Filipe, botando a bala na boca. Suava frio.

— Cê tá mal, cara. Vai conseguir chegar em casa? — perguntou a moça.

— Acho que sim.

— Espero que sobreviva.

O aviso de fechar portas soou e ela desapareceu.

As lanternas suzuranto brilhavam no topo dos postes vermelhos. O asfalto erodido pelas chuvas estava encharcado. Na lateral de um edifício de esquina, no bairro da Liberdade, um luminoso mostrava um pataxó engravatado, ao lado dos dizeres *Somos uma só tribo — Brasil: país de todos*. Ratazanas banhavam-se em poças d'água tingidas de ciano pela placa de neon do Chernobyl, também chamado Cherobyl, pela luz da letra n piscando oscilante e pelos hábitos dos frequentadores.

Filipe entrou no local e foi bombardeado pelo som de synths liquefeitos, que ganhavam sacralidade acústica ao passar pelo filtro do processador digital com reverb setado em church eight. Os usuários da Zona Livre falavam amiúde no Chernobyl, um dos últimos bares da cidade preocupado com a privacidade dos clientes. O bar era um antro de crackers, ciberdelinquentes, hipsters, anarcopunks e degenerados em geral, point de conspiradores mocados no hotspot. Era proibida a entrada de pessoas com wireheads. Os clientes iam lá encher a cara e fazer em seus notebooks coisas inviáveis nas redes domésticas. Com sua luz sinistra, qual fotografia de filme giallo, tinha mesas distribuídas nas laterais e um estreito corredor central, que desembocava num balcão ao fundo. Muita gente interagia de pé, embalando pernas e copos ao som da música eletrônica.

No escuro ambiente do Chernobyl, brilhava uma relíquia: uma máquina de pinball da Taito. Filipe aproveitou estar vaga e utilizou a ficha que sobrara de outra noite. Ao perder a última bola, foi comprar bebida. A boca seca clamando por algo gelado era pretexto para se enterrar no cheque especial. O perigo era que, após tomar umas três, Filipe bloqueava preocupações de ordem financeira, não importando se o porre fosse lhe custar uma nova dívida.

Numa mesa de fundos, que ninguém queria devido ao forte cheiro de mijo oriundo dos banheiros, Filipe cismou ter visto uma figura familiar: a garota do metrô. Deteve-se. A lembrança de seu rosto era difusa, porém teimosa. A singeleza de seu gesto o marcara. Outra passageira o teria xingado, chamado a segurança ou, no mínimo, trocado de assento. Ela, no entanto, oferecera uma bala. Filipe teve a impressão de tê-la visto pelas ruas. Se pegou pensando nela algumas vezes. Quais as chances de encontrá-la de novo numa cidade tão grande?

Por baixo da jaqueta vermelha, a blusa branca reluzia púrpura na luz negra. O cabelo-carpete, os olhos combalidos, mas vivazes, a pele pálida, os lábios finos e a argola no septo. Um visual meio punk, meio e-girl. Não era simples defini-la. Ele a via através da luminosidade do laptop. Teria sido coincidência ou destino? Seria muita presunção dizer que alguma força conspirou para que os dois se encontrassem? Seria muita ousadia dizer à desconhecida que com ela toparia qualquer fita?

— Oi. Lembra de mim?

Ela parou de digitar, o olhar fixo na tela.

— Você é um desses adeptos de manuais de artes venusianas, ou o quê? — perguntou a garota.

O robô-garçom parou ao lado da mesa. Era uma caixa metálica com fios aparentes e dois olhinhos de LED.

— Tudo certo por aqui? — perguntou o robô-garçom Apex 3.2, Série 6, Ano 34, fabricado pela Positron do Brasil, programado para fazer a pergunta toda vez que um homem interpelava uma mulher desacompanhada.

— Tudo — disse a moça, esperando que o robô-garçom deixasse a bebida. — Senta.

Filipe afundou na poltrona. Pegou o cardápio, xiscou cerveja 600, tocou o ícone de cinzeiro e enviou o pedido.

Ela estava atenta ao monitor e à situação.

— Desembucha, cara!

— Você me deu uma bala, no metrô, outro dia, lembra? Eu estava passando mal, depois melhorei, a bala ajudou, queria agradecer. Te vi na rua, acho que... ali na... você, por acaso, está me... seguindo? — Filipe estava ficando neurótico. Depois que o vídeo viralizou, prometeu para si que não ia se descabelar, mas acabou caindo numa puta noia de que todos sabiam seu nome e que todo cochicho era a seu respeito. Seus passos eram calculados, os riscos o tinham como alvo. — Não vai me dizer que também trabalha para a Sygma...

— Hah! Essa é boa — disse a garota. — Não, meu bem. Eu estudo as pessoas e me aproximo delas de modo que pareça casual. Faço a frente, entendeu?

— Você é o quê, uma stalker?

— Sou uma fixer. Encontro soluções nas sombras da cidade.

— Para seu governo, eu que fiz a frente — disse Filipe, fingindo-se de entendido.

— Obrigada por facilitar as coisas.

— Qual é o seu nome?

— Pode me chamar de Trixie.

— Então... você que é a Trixie? Da Zona Livre?

— Euzinha — disse ela, apoiando o queixo nas mãos unidas pelas pontas dos dedos, forçando um sorriso meigo. — Ah, não me olha com essa cara. Já sei que você é o aeromensageiro da Voa Leque e que um cara da Sygma entrou na sua casa. Aliás, que imprudência sair espalhando as teorias do fórum aos quatro ventos.

— Acho que estou começando a entender as coisas.

O robô-garçom pôs a cerveja e o cinzeiro na mesa. Filipe serviu um copo e acendeu um cigarro.

— Não tenho nada a oferecer a vocês.

Trixie passou algo por baixo da mesa. As polpas de seus dedos se tocaram. Filipe pôs o objeto miúdo no bolso.

— Qual é a desse rolê?

— Um convite pra algo mais.

— Você só fala assim?

— Não subestimo a capacidade cognitiva do meu interlocutor.

— O que te faz pensar que sou de confiança?

— Seu adorável senso de humor, claro.

— Talvez esteja equivocada a meu respeito.

— Sei onde estou pisando. Tenho sexto sentido com as pessoas.

Filipe ficou analisando Trixie enquanto ela digitava no notebook como se ignorasse sua existência.

— Me segue lá na Bolha, se conseguir me encontrar — disse Trixie, piscando para Filipe.

Ela sorveu a bebida e voltou a teclar, como se digitasse a solução para os problemas da humanidade.

— Agora cê me dá licença, que estou no meio de um negócio bem urgente.

Filipe não sabia se fizera bem em dirigir-se a Trixie. A garota parecia meio dissimulada. Algo nela não fazia sentido.

Não havia volta. Tudo indicava que não teria feito diferença. Ele terminou a cerveja e se levantou. Espiou de esguelha. Reconheceu a interface do fórum da Zona Livre na tela daquela estranha garota. Pegou uma long neck para levar e foi embora.

Filipe inseriu o chip na mesa de projeção, empoeirada devido ao tempo de desuso. Um feixe de luz refulgiu sobre a fonte. O holograma de um homem azul, entrecortado por glitchs tomou forma. Era um cara magro e sem roupas, cabeludo e de barba longa, naipe de bicho-grilo.

— Olá, camarada. Meu nome é Parça. Sou o admin da Zona Livre.

Intrigado, Filipe passou as mãos através da figura, testando sua reação.

— Estamos sincronizados? — perguntou.
— Não. Sou apenas um daemon — respondeu Parça.
— Programado para...?
— Invitamento e indicação de coordenadas.

Filipe detestava conversar com inteligências artificiais. Por mais avançadas que fossem, a maioria tinha dificuldades para processar períodos compostos.

— Prossiga.
— Queremos contar com você em nosso coletivo de ação organizada. Aceita o convite?
— Para fazer o quê?
— Não consigo entrar em detalhes. Meu programa é bem específico. Vai ter que pagar pra ver, camarada. Aceita ou não?

Filipe hesitou por um momento.

— Aceito — disse Filipe. Uma formulação mais complexa faria o holograma se repetir.

— Você deve ter percebido que a Sygma não brinca em serviço. Está disposto a matar ou morrer?

Filipe ponderou se devia levar a pergunta tão ao pé da letra. Esse pessoal da Zona Livre adorava uma figura de linguagem.

— Estou — respondeu, convicto de que não tinha nada a perder cedendo à curiosidade.

— Certo — disse o holograma. — Para formalizar o aceite, basta apontar o celular para mim.

Filipe obedeceu.

— Muito bem. Seu GPS está processando as coordenadas da central de operações, onde você é aguardado. Evoé!

Filipe esboçou perguntar se ainda naquela noite, mas o player se apagou, deixando-o à espera de algo grandioso na despedida.

•••

O sitemap apontava para textos do tipo storytelling, essas conversas para boi dormir que se esforçam por humanizar marcas. Trixie não precisou ir muito além para encontrar o que buscava. A partir da página Equipe, descobriu as mudanças feitas no quadro de diretores da Sygma nos últimos anos. Bastou jogar a URL num web archive, passar o código-fonte num perfilador e baixar os dados para reter o histórico de alterações. Executou alguns switches e *voilá*. Os nomes surgiram debaixo de seu nariz, em formato XLS. Foi assim que ela chegou à Pietra Fernandes, ex-diretora de soluções e estratégias da Sygma. Apresentou-se como pesquisadora de comportamento em interfaces digitais, o que não era de todo mentira. Disse querer conversar sobre pornografia verossimilhante para um trabalho da faculdade. Não contava que Pietra fosse responder o e-mail tão depressa. Teve que deixar o Chernobyl de imediato.

•••

Filipe subia a ladeira de capuz na cabeça. Entrou na Vila Arcanjo com o modo noturno dos óculos tropofocais ativado, enxergando tudo meio verde. A iluminação pública precária era culpa dos predadores de postes, que vendiam fios de cobre por alguns trocados.

Um ganso ostentava uma arma na cintura e olhava fixo para ele. Era o responsável por fazer a guarda do ponto. Filipe passou de cabeça erguida. Enveredou-se pelos labirintos nevrálgicos das vielas. Um "de menor", escorado num poste de madeira com propaganda de uma cartomante abriu o mostruário de narcotoys: beta-demerol, substância D, trilocodrina granulada e uma variedade de pílulas coloridas. Ele agradeceu e seguiu adiante.

Num beco iluminado por um tonel em chamas, um casal dava uma foda outdoor. De forma discreta, Filipe puxou o celular do bolso do agasalho. O GPS pinava uma casa sem portas, uma carcaça de cimento habitada por sombras metendo a boca em latinhas de alumínio sobre isqueiros acesos. O ambiente fedia a borracha queimada. Onde era para ficar a cozinha, havia um buraco na parede e uma escadaria que dava numa área cercada por um conjunto de construções. Não havia ninguém nas cercanias.

Filipe localizou a construção e bateu no pesado portão de aço, parando no raio de abrangência da câmera de vigilância. O portão guinchou e subiu, revelando as reentrâncias que se encaixavam nos buracos do chão.

— Sou o Boca. Muito prazer — disse o rapaz de cabelos sebosos e rútilos caindo sobre os óculos de aro grosso. Seu rosto rosado era coberto por uma barba rala, pique sujeira. Usava uma flanela xadrez por cima de uma camiseta preta.

— Opa. Sou o Filipe.

Apertaram as mãos.

— *Vai me filmar com essa bosta aí, haole?* Cara, você é meu novo ídolo!

— Corta essa.

O portão se fechou com violência. As vibrações do aço reverberavam pelo galpão, assim como a voz de Boca. Filipe desligou os óculos tropofocais e pendurou na gola do agasalho.

Correntes e tubulações pendiam do teto. Cabos remendados com camadas espessas de fita isolante desciam as paredes emboloradas e percorriam o chão. As pás de um exaustor girando lento acumulavam poeira e produziam um ruído constante.

— Logo você se acostuma com a bagunça — disse Boca, com certo prazer.

Ao lado de uma samambaia plantada num vaso sanitário, havia um contêiner, e era difícil de imaginar como havia sido transportado até ali. Uma luz branca entrava por um buraco de corrosão em uma das extremidades. Uma senhora de jaleco cutucava uma meleca com um instrumento cirúrgico.

— A dra. Sueli foi professora de química molecular na USP — explicou Boca. — Tem trabalhos citados no mundo inteiro. Só não tem muito tato social.

— O que vocês fazem aqui, afinal?

— Cada um faz uma coisa. Nós estudamos o que é discutido na Zona Livre e construímos uma narrativa plausível. A partir dela, planejamos ações que possam comprovar nossas teorias e desestabilizar nosso principal desafeto, a Sygma. Queremos mostrar ao mundo o que está acontecendo, mas agimos com muita cautela.

Filipe ouviu um bater de asas e olhou para cima. Duas pombas se alojavam na estrutura metálica do galpão.

— Tive que mudar meu equipamento de lugar, por causa dos cocôs corrosivos. Sabe quanto custa um terminal desses? — disse Boca, referindo-se à mesa em forma de U com uma porção de monitores e uma abundância de aparelhos plugados nos gabinetes.

— Você usa tudo isso? — perguntou Filipe.

— Quase — respondeu Boca.

Filipe sentia-se observado. Olhou para o mezanino e viu um homem fumando na penumbra, apoiado no guarda-corpo com um braço biônico. Filipe acenou com a cabeça. O homem permaneceu rijo, limitando-se a soltar a fumaça.

— Aquele ali é o Osasco — disse Boca.

— Somos quantos? — perguntou Filipe.

— Contando com você, seis.

— Contando com a Trixie?

•••

Trixie estava parada num sinal vermelho da Av. Dr. Arnaldo, com um olhar vago no para-brisa, distraída com a apresentação do cospe-fogo na faixa de pedestres. O farol ficou verde, e Trixie continuou parada. O carro de trás sentou a mão na buzina, trazendo-a de volta à realidade. Ela mostrou o dedo do meio no espelho retrovisor. Atravessou o viaduto e estacionou debaixo de uma árvore, numa rua residencial de Perdizes. O bairro era monitorado por drones e contava com uma guarita por quarteirão.

Ela olhou ao redor, certificando-se de que não estava sendo seguida. A rua encontrava-se silenciosa. Ficou quinze minutos a observar as luzes da mansão de Pietra Fernandes se acendendo e se apagando.

Checava as notificações do celular quando ouviu batidas no vidro.

— Tá cuidando da vida das moradoras?

Trixie viu o touro reluzir na coronha. Levantou os braços. O vigia abriu a porta do carro e encostou o cano em seu peito, com um leve tremor na mão. Ela respirou fundo. Uma gota de suor escorria de sua testa.

— Tá fazendo o que parada aqui?! — perguntou o vigia.
— Calma — disse Trixie. — Não quero encrenca.
— Se manda daqui!
— A rua é pública.

O vigia estava com o dedo no gatilho. Alguém tocou seu ombro. A situação poderia ter saído do controle.

— Deixa que eu assumo — disse Pietra Fernandes.

A mulher vestia um robe de cetim, verde e brilhoso. O vigia a olhou dos pés à cabeça. Recebeu a caixinha e fez mesura. Pietra deu a volta e entrou no carro.

— Esses guardinhas são linha-dura — disse Trixie.
— São pagos pra isso. A essa hora, todo mundo é suspeito — disse Pietra. — Desculpa a demora.
— Espero não ter causado problemas.
— Relaxa. Em dias normais, minha companheira já estaria dormindo. Justo hoje, resolveu ficar acordada até tarde. Parece sexto sentido.
— Ela é ciumenta?
— Ciumenta? Pfff... Nada. Ela morre é de medo da Sygma. Me passou o maior sermão. Até me arrependi de ter dito pra

você vir. Mas já que disse, vou colaborar. Sinto que é meu dever como mulher.

— Agradeço sua boa vontade.

A companheira de Pietra Fernandes observava a cena da porta da casa, segurando uma criança no colo.

— Se soubesse o que passei naquela empresa... — disse Pietra.

— Posso imaginar — disse Trixie, procurando demonstrar-se compreensiva.

— Ninguém faz ideia.

Pietra olhou para sua casa. A companheira e a filha tinham entrado.

— Pergunta logo o que quer saber, não tenho a noite inteira. Como escrevi no e-mail, nada do que eu disser pode ser citado.

— Pode ficar tranquila. Não vou fazer nada que possa colocar sua família em perigo. Vai ser uma conversa confidencial. Só preciso de um norte com algumas questões — disse Trixie.

— Você tinha um bom cargo na Sygma. O que te levou a sair?

— Fui demitida.

— Mas a troco do quê? Vi seu currículo numa rede social. Não deve ser fácil encontrar alguém com suas qualificações.

A mulher suspirou.

— Há muita coisa errada acontecendo lá. Fiz coisas de que me envergonho, mas tudo tem limite. "Limite" é uma palavra incompatível com as ambições da Sygma. Eles arranjaram um diretor com menos escrúpulos para cumprir minhas funções. Todo mundo lá é só uma peça.

— Meses atrás, li uma reportagem que denunciava pornografia verossimilhante nos bastidores da Sygma.

— Sim, pediram a cabeça do rapaz que escreveu.

— Queima de arquivo?

— Não chegaram a tanto. Compraram o jornal, demitiram o repórter e transformaram numa fábrica de publinotícias.

— O que você sabe sobre essa extensão usada para registrar bootlegs sexuais?

— É só mais um experimento. Quando os Olhos reconhecem nudez, a pessoa escaneada não precisa consentir com o registro de sua imagem. O usuário ganha autoridade master.

— Isso é horrível.

Pietra se ajeitou no banco.

— Nos corredores da Sygma, só se fala em emulação de dados biogenéticos. Aldrick está investindo pesado para dar conta de armazenar a estrutura de cada fio de cabelo. A microagulha do novo neurolink vai conseguir coletar até amostras de sangue dos usuários, o que auxilia nessa construção de perfis genéticos. Somando forças com os dados comportamentais, que já são coletados, qualquer pessoa poderá ser emulada para fins sexuais. O pessoal do setor de realidade virtual tem feito a festa nos testes alfa. Uma coisa asquerosa.

Trixie tentava arrancar uma cutícula com os dentes.

— A sociedade vai se escandalizar.

— Não conte com isso. O Pelotão do Sagrado Losango angariou muitos fiéis naturalizando o uso da RV para expurgação de sentimentos. Eles defendem a catarse, alegando que o que acontece no mundo digital está fora da jurisdição divina. Eliseu Delgado é um pastor moderninho. Ele e Aldrick são bem amigos.

Trixie fez cara de quem comeu e não gostou.

— Por que você desistiu do processo?

— Preferi fazer um acordo. Seria uma batalha perdida. O jurídico deles é uma potência.

Pietra checou as horas. Seu chinelo grudava no tapete do carro. Passou os olhos pelos joelhos de Trixie e examinou o carro. Porta-tubos no console, cartelas de comprimidos jogadas no banco de trás e uma garrafa de destilado no chão.

— Escuta — disse Pietra —, preciso ir. Boa sorte com a dissertação. Saudades dos tempos da pós.

...

Filipe ficava tenso perto de Osasco, um coroa de pele retinta e costas largas, a compleição física de um pugilista aposentado. A cabeça era adornada com carapinhas curtas como molas. A barba, uma tentativa malsucedida de mutton chops. Sua aparência imponente parecia guardar muitos segredos. Fumante de três carteiras por dia, cheirava a uma mistura de desodorante Três Marchand com nicotina. Usava uma regata suja de graxa, empapada de suor.

— Chega aí, novato — disse Osasco, chamando Filipe até um canto abarrotado de quinquilharias. Abriu uma gaveta e entregou a ele um circuito de créditos bancários. — Correr riscos é uma boa forma de complementar o soldo. Dependendo da operação, a gente recebe adicional de periculosidade. Se for esperto, dá pra viver com essa grana.

Filipe estava inclinado a entrar para o grupo mesmo que o trabalho fosse voluntário. O atrativo financeiro tornou a proposta irresistível.

Osasco revirou um caixote e pescou uma pistola.

— Seu brinquedo — disse o homem, entregando a ele uma arma com coronha de imbuia.

— É de brinquedo? — perguntou Filipe, que não sabia nem como segurá-la.

— Tá zombando da minha cara?

— Parece que estou entrando pra milícia, ou algo assim.

— Tava achando que vinha pra um piquenique, otário? — disse Osasco, franzindo a testa. — É cada um que a Trixie me arruma.

## 5.

Parça deu boas-vindas a Filipe por videochamada e explicou os valores e prioridades da Zona Livre, ressaltando que eram como uma família, mas que laços afetivos entre membros eram desencorajados.

Após a reunião, Trixie chamou Filipe para uma conversa particular, colocando-o a par das regras de conduta. O uso de redes domésticas não criptografadas estava proibido. Agir por conta própria estava fora de cogitação. Qualquer ação, por mais sutil que fosse, dependia do aval dela. A estrutura da central não devia ser usada para tratar de questões pessoais. Máxima discrição, no dia a dia e nas redes sociais. Ninguém atirava a esmo. Usar a violência, só se fosse imprescindível para garantir a sobrevivência de um membro ou a continuidade de uma ação. Não havia espaço para peso morto, e todos deviam contribuir de maneira ativa para os objetivos da Zona Livre.

Filipe compreendeu que as regras eram cruciais para garantir a segurança dos integrantes e o sucesso das operações. Estava disposto a segui-las e, na medida do possível, viver para o grupo. Não queria mais perder tempo. Desperdiçara parte de sua juventude ocupando-se com qualquer porcaria que lhe pagasse um salário de fome, alimentando o sonho de pessoas com quem não tinha afinidade. Suas aspirações foram sacrificadas em nome de uma vida prática que não lhe recompensou com mais do que monotonia. Mesmo voando ao ar livre como aeromensageiro da Voa Leque, ainda estava, de alguma forma, preso às rotinas de escritório. Psicoterapeutas diriam que seu anelo subversivo mascarava outras questões. Por certo, sua dedicação ao ativismo era uma forma de preencher uma lacuna existencial, mas pela primeira vez, ele sentia que estava se dedicando a uma causa nobre. Não era nenhum absurdo que se agarrasse ao coletivo com unhas e dentes, tornando-se mais rigoroso consigo do que qualquer patrão que tivera.

Nas primeiras idas à central, na Vila Arcanjo, Filipe se ocupou da moderação do fórum da Zona Livre: passava os dias organizando posts, debatendo e interagindo com outros usuários. Nas horas vagas, estudava filosofia, sabotagem, hacktivismo e desobediência civil. Foi se familiarizando com as novas incumbências e conheceu um pouco cada integrante do coletivo. Acabou se enturmando com Boca.

Num sábado de folga, duas e pouco da manhã, Filipe recebeu uma mensagem dele.

*tá de bobeira?*
*aham*
*bora chegar no chernobyl?*
*demorô*

No Chernobyl, Filipe encontrou Boca jogando pinball. Bom jogador. Em compensação, fraco na bebida. Bebeu rápido e não fechou a matraca. Contou que não aguentava mais morar com os pais, que antes de entrar para a Zona Livre, quase tinha se emancipado, em uma curta estabilidade como MEI, fazendo bicos de TI. Disse conhecer os sistemas de segurança de todas essas startups, que sua namorada era bióloga, que Osasco era desertor da Marinha, que Sueli era tia de Parça e que Trixie era bi.

— Cê é linguarudo, hein, mano? — disse Filipe, tentando dar uma segurada na língua enrolada de Boca, que interrompia o falatório de dez em dez minutos para ir ao banheiro.

Boca não estava bem. Filipe chamou um autotáxi e ofereceu-lhe um pouso em seu sofá. Lá, Boca ressuscitou e voltou a falar pelos cotovelos. Filipe descobriu mais sobre a Zona Livre em uma noite do que ao longo de duas semanas, percebendo que era muito mais do que uma simples reunião de ativistas com um objetivo em comum. Embora soubesse que estava se metendo com algo perigoso, sua excitação por somar ao grupo só crescia.

Eles conversaram até seis e meia da manhã, horário do primeiro telejornal. Filipe aumentou o volume da estação multitarefas para ouvir uma notícia.

— Nossa lei geral de proteção de dados estava defasada — disse o Ministro de Gestão Cibernética. — A reforma é um avanço para o povo brasileiro, um dos maiores consumidores de tecnologia do mundo.

— Não acredito — disse Boca. — Vão legalizar o scrobble de pensamentos.

Aldrick, diretor-executivo da Sygma Corp, foi perguntado se a reforma não abriria caminhos para uma violação de privacidade em massa. Respondeu:

— O usuário não precisa se sentir inseguro, pois será o maior favorecido. Armazenar dados pessoais é uma medida protetiva. Nós, da Sygma, teremos maior respaldo para proteger nossos clientes. Vejo um futuro em que ninguém mais vai precisar perder uma ideia. Todas elas ficarão armazenadas num backup de segurança. A restauração de pensamentos e memórias será uma realidade.

— Foi liso — comentou Boca.

— Esses canalhas agora têm amparo legal para monitorar o que as pessoas pensam — comentou Filipe, alcoolizado, falando alto demais para uma manhã de sábado.

— Abaixa essa merda! — gritou um vizinho, socando a parede.

O isolamento acústico do prédio era precário.

— Estamos de folga, cara. Deixa umas paisagens rolando no mute — pediu Boca, que acabaria capotando no sofá pouco depois.

Filipe pôs os óculos do rapaz sobre a mesa. Pegou uma cerveja na geladeira e acessou um livro de cyberterrorismo poético no e-reader. Sabia que as coisas ficariam mais complicadas dali para frente.

## 6.

*A mina deu cambão, sobrou ingresso. Bagulho é mil grau, dá pra perder não, feio.* Foi nesses termos que Boca intimou Filipe a ir à luta de rinha. Sem embargo a ressaca, ele acabou topando.

Pegaram metrô até a Arena Pirapirê, no Ibirapuera. Passaram pela revista policial, inseriram os tíquetes nas máquinas de bilhetes e ocuparam seus assentos. O local estava lotado. No Brasil, a luta de rinha só perdia em popularidade para o futebol.

O narrador anunciou o nome das estrelas. O combate daquela noite seria entre o capoeirista Mestre Bobó e o lutador de sumô Tetsuo, vindo de Hiroshima. Mestre Bobó usava um abadá verde com duas frutinhas de guaraná na lateral da coxa. Tetsuo usava apenas uma fralda geriátrica.

Os oponentes deram uma volta pela jaula, saudando as torcidas. Tetsuo dizia coisas em japonês. Mestre Bobó batia no peito e meneava a cabeça. Seu treinador tocava berimbau à beira da grade.

Os lutadores cruzaram os portões com detectores antiborgues e o juiz cortou uma linha invisível com o braço, dando início ao combate. Bobó começou na ofensiva, arriscando dois martelos e uma meia-lua. Tetsuo bloqueou a sequência com um escudo de antebraços, revidando com o golpe telefone. Bobó tirou a cabeça da reta, escapando com estilo. No primeiro round, os lutadores se estudaram, e, no segundo, mostraram maior ímpeto ofensivo. Bobó gingava. Tetsuo cruzou o ringue com o tronco curvado e acertou uma cabeçada no estômago do capoeirista, prensando-o contra a grade.

 Aldrick, o famoso diretor-executivo da Sygma Corp, com Zaraba, seu guarda-costas, e Tiago Valente, da Abin, acompanhavam a luta no camarote das celebridades e dos executivos.

 — Dá um ligo na corja — disse Filipe, apontando com a cabeça.

 — Presta atenção na luta, olha isso, bicho! — exclamou Boca, seu hálito fedendo a chorume.

 Bobó logrou uma esquiva por baixo das pernas de Tetsuo e deu-lhe a bênção. O adversário caiu de joelhos. A plateia foi ao delírio. Tetsuo foi salvo pelo gongo. A torcida de Bobó se entusiasmou e começou a imprimir maior força no batuque de atabaques.

 Até o início do terceiro assalto, a luta estava empatada. Mestre Bobó gingava menos e atacava mais. Acertou um rabo de arraia na lata do japonês. Confiante ao ver o sangue escorrer do nariz do oponente, baixou a guarda. Tetsuo, calejado em meditação zen-budista, sabia como manter o foco em situações adversas. Aproveitou-se da distração de Bobó e o clinchou com um poderoso abraço de urso, depois emendou uma sequência de socos no estômago. Bobó caiu, contorcendo-se.

 Tetsuo decidiu apostar em seu golpe-assinatura.

 — Ele vai usar o belly-dive killer! — gritou Boca.

 — Vai matar o Bobó — lamentou um babalorixá na arquibancada.

 Com seus duzentos quilos, Tetsuo escalou a grade até o teto. Como um aracnídeo, atingiu o centro, ficou dependurado e se soltou. No momento derradeiro, Mestre Bobó rolou para o lado. A lona que cobria o tablado chegou a se rasgar com o impacto. Foi a vez de Tetsuo revirar de dor. A multidão fez um fuzuê nas tribunas.

— Acaba com ele! — gritou Boca.

Bobó gingou sereno até o fim do assalto, poupando Tetsuo do golpe de misericórdia. Após o término do round, Tetsuo teve dificuldades em se levantar. O auxiliar da delegação massageava seu ombro lesionado. O treinador praguejava:

— Baka! Baka!

Com o braço esquerdo comprometido, Tetsuo começou a girar a direita como se estivesse numa briga de rua, renunciando a qualquer estratégia. Bobó acertou um voo do morcego plasticamente perfeito e Tetsuo foi a nocaute.

Na plateia, representantes da Yakuza Brasil selavam o destino de Tetsuo em conversas ao pé do ouvido. Jornalistas, groupies de lutadores de rinha, membros de staffs, seguranças e patrocinadores se amontoaram no centro do ringue na hora da entrega do cinturão. Boca se enfiou no meio da muvuca e saiu com um boné autografado por Bobó.

•••

O rosto de Parça dominava a tela da videochamada.

— Ontem, assisti à luta entre Mestre Bobó e Tetsuo — disse Parça.

— Eu e este aqui estivemos lá na arena — contou Boca, cutucando Filipe.

— Estou sabendo. A câmera deu uma geral na arquibancada e fechou em vocês dois. Entendo o desejo de vocês de criarem laços. Agora, porra, onde é que estavam com a cabeça? Um megaevento? Aos olhos do Brasil inteiro? Não me conformo com tamanha burrice.

Boca corou.

— A gente estava lá a trabalho — disse Filipe.

— A trabalho como? — ralhou Parça. — Me explica.

— Investigação de campo. Aldrick estava trocando piadinhas com um executivo da Abin no camarote. Isso não é digno de acompanhamento? — perguntou Filipe.

— Não era preciso ir a campo para descobrir algo que todo mundo viu na transmissão. Já foi falado que nada é realizado sem que a Trixie autorize. Vocês não podem passar por cima da voz de comando.

Boca olhava para a tela com a cabeça inclinada para o lado. Osasco mantinha o cenho franzido.

— Desculpa, Parça — disse Boca. — A culpa é minha. Eu que insisti pro Filipe ir comigo.

— Que isso não se repita — disse Parça. — Filipe, você está começando agora. Cuida pra não absorver os vícios dos veteranos. Principalmente desse aí. Não faça nada sem consultar a Trixie, beleza?

O tom paternalista incomodou Filipe. Ele não queria ser apenas um subordinado, estava ali para contribuir. Que um grupo simpático ao pensamento libertário operasse sob uma obsoleta estrutura hierarquizada soava-lhe como uma contradição.

# 7.

Ao lado do terminal do Boca, fazia a vez de cesto uma caixa de papelão cheia de pacotes e embalagens de produtos industrializados com a marca do T, sacos de pipoca, lasanhas de micro-ondas, latas de refrigerante e outros fogos de palha. Boca tratava o próprio organismo como uma geringonça qualquer.

— Você é tão contra o sistema — disse Trixie —, devia parar de comer essas merdas.

— Ninguém é 100% consistente — respondeu Boca.

— E o teu câncer?

— Você é tão fúnebre.

— Fato.

— Quando eu ficar milionário, vou comprar uns órgãos zero-bala.

— Espero que não precise de uma recauchutagem tão cedo.

Parça sabia como manter Boca motivado. Bastava questionar seu valor no grupo para que ele trabalhasse duro para provar o contrário. A presença de Filipe, alguém novo a quem impressionar com suas habilidades, também o incentivava. Durante a semana, Filipe percebeu que Parça estava jogando com o psicológico de Boca. Ficaria atento para não se deixar manipular daquela forma.

De fato, o pito que Parça dera em Boca tinha surtido efeito, revertendo-se numa dedicação sem precedentes. Porém, todos estavam preocupados com a saúde de Boca, que virava noites na tentativa de crackear o sistema da Sygma. Seu consumo excessivo de anfetaminas e a péssima alimentação eram motivo de apreensão. Sua vida andava complicada. Os esforços para forjar permissões e implementar falsificações de endereço no ipconfig não deram em nada. As tentativas de ataques DDoS foram neutralizadas. Logrou apenas uma quebra superficial na barreira de segurança trifásica.

Em dado momento, os códigos nublaram na tela. Boca tirou os óculos, e empurrou para o canto o teclado engordurado e a caneca com açúcar empedrado. Fez dos braços travesseiro e cochilou sentado.

— Por que não chamamos um ajudante? — perguntou Filipe.

— Acontece que não é fácil encontrar alguém do nível dele — respondeu Trixie.

— Que não fosse um especialista. Um assistente com algum conhecimento já seria de grande ajuda.

— Infestar a central de gente não resolve nada — interferiu Osasco.

Ao ouvir a voz de trovão de Osasco, Boca despertou e girou na cadeira, voltando-se para o trio. Ajeitou o cabelo cheio de caspa e coçou os olhos remelentos, com as escleras cor de sangue.

— Olha o estado lastimável do rapaz — comentou Filipe.

— Temos que invadir a rede — disse Trixie. — O jeito é seguir trabalhando.

— Estamos girando em círculos — falou Filipe.

— Odeio admitir, mas tá osso — disse Boca. — Estou começando a desanimar.

— Não tenho ninguém pra recrutar — comentou Trixie.

— Podemos fazer isso à moda antiga — palpitou Osasco.

— Como? — perguntou Trixie.

— Invadindo a bagaça, oras.

— Invadir o prédio da Sygma? — Trixie soltou uma risada forçada. — Se me explicar como, a gente conversa com o Parça.

...

A reputação da Zona Livre advinha das ações virtuais, mas identificar-se como um grupo de ciberativistas soava cada vez mais limitador. A teia de relatos e depoimentos no fórum não cessava de aumentar, embora fosse escassa em evidências concretas. Por meio de ataques hackers, o coletivo tinha conseguido acesso a alguns arquivos sigilosos em computadores pessoais de ex-funcionários da Sygma, mas muito do que se sabia sobre a empresa era de conhecimento público: notícias, documentos divulgados em portais de transparência, estudos científicos, processos e informações coletadas on-line. Tudo avaliado com minúcia. Alguma coisa digna de suspeita. Nada muito comprometedor.

Reunindo essas peças, o coletivo formou uma macrovisão do *modus operandi* da Sygma, mas apesar dos inúmeros esforços, nunca conseguiu invadir a rede da empresa. Precisavam de algo que desnudasse a companhia. Por isso que, após anos de atividades, o grupo sentia-se mais compelido a agir no mundo real. E Filipe era um reflexo disso nas novas estratégias de Parça. O rapaz, visto como uma joia bruta a ser lapidada, tinha demonstrado convicções ideológicas apropriadas e aptidão para a engenharia social. Era chegado o momento de colocar a aposta de Trixie à prova.

Durante videoconferência com Parça, Osasco abriu a maquete holográfica do prédio da Sygma e apontou as vulnerabilidades na segurança. Em seguida, forneceu informações sobre a terceirizada Limpa Bem, que, segundo fontes confiáveis, estava recrutando faxineiros para trabalhar na Sygma. A proposta de Osasco era criar um perfil falso em um site de empregos, uma persona com habilidades suficientes, mas sem aparentar tanta astúcia, a ser encarnada por Filipe, que se mostrou ligeiramente receoso em assumir esse papel. Agir como um espião parecia-lhe muito arriscado.

— Acho que você está subestimando a capacidade de vigilância desse pessoal.

— Vai dar certo, novato. Vai por mim.

— Quero entender sua linha de raciocínio. Só de ter me manifestado contra o neurolink, já entrei no radar da Sygma. Supondo que eu passasse no teste de admissão, você não acha que eles me identificariam assim que eu pusesse os pés lá dentro?

— Isso não vai acontecer, garoto. Nunca reparou como os softwares de reconhecimento facial são imprecisos com gente da nossa cor?

— Bobagem — disse Filipe. — Racismo algorítmico é coisa do passado.

— Fala isso pros milhares de inocentes que continuam sendo presos ano após ano — disse Osasco, exaltado. — A dra. Sueli vai dar um tapinha na sua aparência e você vai entrar lá camuflado, sem levantar suspeitas. Vamos virar o feitiço contra o feiticeiro. Vai dar certo. Vai por mim.

Osasco repetiu tantas vezes essa frase, que a operação foi batizada "Vai por mim" em sua homenagem.

— Se tem alguém que pode encarar esse desafio, é você, Filipe — disse Parça. — A Trixie vai te acompanhar durante a missão. Não vamos te deixar desamparado.

Depois de quase duas horas discutindo a logística do plano, Filipe animou-se. Percebeu que sua escolha como agente de campo era uma espécie de voto de confiança, um rito de passagem do período de experiência para a consolidação de seu espaço como um membro legítimo.

•••

Filipe inventou mãe doente e pensão atrasada para suscitar comoção no entrevistador. Soube apelar à ilusão de generosidade do analista de recrutamento e saiu-se muito bem na entrevista. Foi selecionado para um teste de uma semana fazendo faxina nas dependências da Sygma, como terceirizado da companhia Limpa Bem.

O trabalho começou numa segunda-feira. Filipe usava um neurolink falsiê na têmpora, um macacão azul-marinho e o boné da Limpa Bem enterrado na testa, a aba curva fazendo sombra nos olhos. Atento à rotina dos funcionários, percorria os corredores da empresa com um carrinho funcional contendo balde, esfregão e produtos de limpeza. Cuidava para passar pelas câmeras de vigilância de cabeça baixa.

Da manhã ao fim da tarde, esfregava o linóleo que nem a cara, conforme se queixou o auditor de qualidade de serviços gerais. Filipe prometeu que melhoraria. Era meticuloso com o desleixo de cada ladrilho. Isolava-se do contato com um fone supra aural, que servia tanto como blindagem contra a cortesia, quanto para registrar conversas. Era uma das engenhocas de Parça. Com a equalização correta, os fones amplificavam o som ambiente e podiam captar até a respiração dos colaboradores.

A maioria nem tomava conhecimento de Filipe. Os funcionários saíam das estações de trabalho quando ele se aproximava com o álcool e a flanela. Filipe se divertia ao desarrumar os objetos de propósito, deixando as coisas fora do lugar, virando porta-retratos e desligando computadores "sem querer", o que disseminava uma antipatia por sua figura e tornava sua admissão improvável.

Na tarde de quarta-feira, Filipe se dispôs a limpar o arquivo morto, um dos setores de que a equipe de faxineiros menos gostava. Se impressionou com a quantidade de papéis que uma big tech era capaz de acumular: ordens de serviço, circulares internas, organogramas, segundas vias de suspensões e advertências e toda sorte de registros burocráticos. Fotografou os documentos como pôde e conseguiu acesso à planta baixa dos andares do prédio.

Tudo seguia conforme planejado. Ao longo da semana, Filipe terminava o expediente, pegava o board no subsolo do edifício e, com a mochila cheia, ia direto para a central. Atravessava a cidade para deixar o grupo a par. Despejava sobre a mesa do galpão a papelada que resgatava do lixo, contendo listas de ramais, manuais de políticas internas, atas de reuniões, impressões de e-mails, planilhas e relatórios rasgados, dos quais muitos eram reconstituídos pela equipe como um quebra-cabeça. Filipe indicava na planta onde ficava cada setor, quem era responsável pelo que, quais eram as rotinas dos guardas e tudo o mais de que conseguia se lembrar. Soube que os guardas cascudos trabalhavam à noite. Embora fossem ociosos, estavam ávidos por mostrar serviço. A melhor hora para entrar na Sygma era na alvorada, quando os guardas preparavam a troca de turno e os primeiros funcionários começavam a chegar.

Filipe deixou a jogada de maior risco para o último dia de seu período de experiência. Entre os homens que ocupavam cargo de liderança, o alvo escolhido foi Edmilson Sanches, supervisor de help desk. Embora sua pele fosse um pouco mais clara que a de Filipe, ele tinha estatura e porte físico semelhantes. Era um dos que primeiro chegava à empresa, e passava o dia classificando os chamados, efetuando uma triagem do que merecia prioridade, delegando funções à sua equipe e se ocupando das demandas das chefias.

Embora não estivesse autorizado a circular pelo help desk na ausência de Sanches, Filipe aproveitou que o supervisor estava em horário de almoço, foi até sua mesa e fingiu limpá-la. Com as mãos escondidas pelas divisórias, posicionou-se num ponto cego da câmera de vigilância. Tirou o escâner de biometria do bolso e passou o sensor pelo tablet repetidas vezes, até que um dos estagiários da equipe técnica o advertiu, pedindo que ele continuasse a limpeza depois.

A partir da gordura acumulada na tela tátil, o escâner juntava os fragmentos coletados para reconstituir a impressão digital do dedo indicador de Sanches, o mesmo usado para passar a catraca-ponto da recepção.

O auditor de qualidade chamou Filipe. Ofereceu café da máquina por sua conta:

— Você é educado e discreto, mas infelizmente, não tem aptidão para o serviço — disse o auditor, entregando-lhe um vale-créditos referente ao pagamento da semana e o liberando antes do cumprimento da carga horária.

No banheiro, Filipe abriu o painel de controle do escâner biométrico. Leu a mensagem: *impressão digital coletada com sucesso.*

•••

Dra. Sueli tinha o rosto cadavérico e cabelo grisalho. Sua marca registrada era a verruga com um pelo encaracolado na bochecha. Custava barato remover essas pequenas imperfeições, ela mesma poderia fazê-lo com uma caneta laser. No entanto, orgulhava-se da falha celular que a tornava distinta, não se preocupando nem em aparar o pelo plantado naquela pereba.

Filipe, sem camisa e de calça moletom, estava deitado na maca da dra. Sueli. Na parede do contêiner, uma foto de Edmilson Sanches estava pendurada com esparadrapos. Dra. Sueli, com um jaleco manchado, escorria um composto verde num funil de vidro.

— O que é isso? — perguntou Filipe.

— Um descondensador biodegradável — disse ela.

Escorada na porta do contêiner, Trixie observava dra. Sueli puxar o êmbolo, aspirando o líquido para o cilindro. A doutora se aproximou de Filipe com a seringa em mãos.

— Pera lá. Você não vai aplicar isso na minha cara, vai? — perguntou ele.

— Não se mexe — disse a dra. Sueli.

Filipe virou o rosto. Sueli chasqueou a língua em reprovação.

— Deixa de molecagem. Está atrapalhando a doutora — repreendeu Trixie.

Filipe procurou se acalmar, e a dra. Sueli aplicou o descondensador em cada um dos lados de sua face. O líquido espesso se espalhou, provocando cócegas debaixo da pele.

A doutora desrosqueou a tampa de um tubo com conta-gotas.

— Onde você aprendeu essas coisas? — perguntou Filipe.

— Ela estudou modelagem bioestética na Todai, não foi, doutora? — respondeu Trixie.

A mulher assentiu.

Filipe esperava que isso significasse que estava em boas mãos.

— Abra bem os olhos — disse a dra. Sueli. — Vai arder.

Filipe exclamou um palavrão.

— Não tem uma anestesia, não?

A doutora ofereceu uma venda a Filipe. O som de borbulhas e de instrumentos metálicos sendo largados com descuido percutiam. O creme que ela passou no rosto dele queimava feito napalm.

— Isso aqui parece um spa para pobre — comentou Filipe.

— Fique em silêncio — disse a dra. Sueli. — Se ficar falando, vai prejudicar a cicatrização.

O martírio durou cerca de quarenta minutos. Dra. Sueli tirou a venda de Filipe.

— Pronto — declarou ela, segurando um espelho diante dele.

— Não imaginava que fosse possível biomodificar alguém tão rápido — disse Filipe. Seu rosto ondulava, como se uma colônia de insetos estivesse prestes a irromper de sua pele.

— Parece que vou virar um monstro.

— O descondensador ainda está se dilatando.

— Pode ser que você sinta pulsações no rosto nos próximos dias — comentou a dra. Sueli. — O descondensador vai se dissolver em até uma semana.

— E se não se dissolver?

Dra. Sueli deu de ombros.

•••

Filipe tornou-se um símile fidedigno do supervisor de help desk da Sygma. No pescoço, portava o crachá da empresa. O neurolink de mentira estava na lateral esquerda da cabeça. Para complementar o disfarce, vestiu uma calça social acolchoada e um paletó cinza com cotoveleira. O broche da Sygma na lapela era uma câmera wireless.

Passou pela porta automática. No saguão, acenou à recepcionista e ao segurança. Com uma película de impressão digital colada no dedo indicador, passou pelo leitor de biometria e pela catraca-ponto. Edmilson Sanches chegaria por volta de meia hora. Filipe precisava se apressar. Qualquer descuido poderia colocar sua vida em risco.

Entrou no elevador e subiu até o quadragésimo andar. Para não ser visto pela recepcionista de Aldrick, empurrou a porta corta-fogo e optou por subir os quatro andares restantes pelas escadarias de emergência. Ao chegar ao destino, vestiu a manta térmica por cima da roupa, equilibrou-se no corrimão, sacou a vara de manobra telescópica e forçou a grelha de ar até que cedesse. Com a vara, adaptada com base e pedais retráteis, acessou o duto de ventilação.

O forro estava tomado por teias de aranha e poeira. Filipe tapou o nariz e conseguiu reprimir um espirro. Rastejou até a grade de ventilação e espiou o interior da sala de Aldrick, uma das poucas da empresa não monitoradas por câmera de circuito fechado. O sensor de presença piscava inutilmente no canto do teto. O escudo térmico de Filipe o tornava invisível para o dispositivo de detecção.

Filipe desparafusou a grade e comunicou-se com Trixie pelo smartwatch:

*<op06>: ao sinal*
*<op02>: lembrou do infrared?*
*<op06>: y*
*<op02>: ok*

Filipe esperou que o telefone de Greice, secretária de Aldrick, tocasse, para saltar. Engatinhou até o PC, plugou o cristal de dados e inicializou o sistema. Acessou as funções da BIOS, digitou comandos com a ponta do dedo indicador e executou um patch contendo trojan de acesso remoto e keylogger. Guardou o cristal de dados. Olhou para a mesa, tentando se certificar de que não estava esquecendo nada. Retirou o pedaço de fita isolante que cobria a câmera embutida no monitor.

Um pano preto que ocultava uma caixa despertou sua curiosidade. Filipe puxou para dar uma espiada e uma cobra saltou em sua direção, batendo contra a parede de um amplo terrário de vidro. Com o susto, ele recuou e esbarrou na mesa, provocando uma barulheira.

Greice se levantou. Seu ramal tocou outra vez. Indecisa entre atender e checar a sala, ela atendeu e pediu que aguardassem. Acercou-se da trava eletrônica da sala de Aldrick e digitou a senha.

Estando biomodificado em Edmilson Sanches, até veio à veneta a ideia de tentar se passar pelo supervisor, alegar que estava ali para realizar um reparo, mas a desculpa não colaria. A reação de Filipe foi se enfiar no primeiro armário baixo que viu pela frente. Espreitando da fresta entre as portas, viu o tecido no chão e Greice olhando em volta, com os dois dedos na têmpora, decerto telepensando algum responsável.

Quando o chefe de segurança apareceu, Filipe se cagou de medo. O homem olhou debaixo da mesa e chegou perto, muito perto, do armário onde ele estava.

— Não mexe nas coisas do Aldrick — disse Greice. — Ele não pode ver nada fora do lugar, que dá piti.

— Tá bem — disse o segurança, dando meia-volta. Deu uma olhada superficial pela sala, sem vestígios de invasão. Fez uma careta para a cobra — Bicho nojento.

Greice lhe agradeceu e tornou a cobrir o viveiro.

Filipe ficou só de butuca, esperando para regressar ao duto de ventilação. Se mandou do prédio pelo estacionamento.

Aldrick pousou o aerocarro na cobertura do prédio da Sygma. No elevador, telepensou Matias. Retornou status off-line. Telepensou, então, Greice.

— Transfere o Matias, faz favor.

Ele passou por Greice, acendeu as luzes do escritório, ligou o PC e logou no sistema. O ramal tocou.

— Preciso falar com você. Urgente — disse Aldrick. — No aguardo.

Da janela, Aldrick contemplava a cidade de São Paulo, uma maquete cheia de formiguinhas tontas zanzando entre blocos de argamassa coroados com torres de transmissão e anúncios de cosméticos. Veículos voadores passavam diante de seus olhos, lembrando-o que, naqueles tempos, qualquer zé dirigia aerocarro.

Matias bateu à porta.

— Entra — disse Aldrick, reparando o neurolink na cabeça do funcionário.

Aldrick foi até o buffet no canto da sala, pegou um copo de cristal e o ergueu contra a luz. Nele entornou dois dedos de scotch.

— Como ficou aquela questão da aposentadoria do nosso amigo? — perguntou Aldrick.

— Assunto complicado, chefe. Estou esperando a poeira baixar — respondeu Matias. — Não é o momento para medidas drásticas.

O rosto de Aldrick sofreu um repuxo. Depois do espasmo, ele contraiu o lábio superior. Sorveu metade do uísque e bateu com o copo na mesa. Limpou os cantos da boca com a manga do paletó. Seus olhos pareciam de um azul falso. Aproximou-se do viveiro e tirou o tecido de cima. Sua cobra de estimação estava agitada.

Aldrick se ajoelhou diante de um armário baixo e retirou uma pequena caixa de plástico da gaveta.

— Hora do café da manhã, mocinha.

Puxou a tampa do terrário, deixando-a entreaberta. Com um gancho comprido que jazia escorado, prensou o pet e despejou o hamster.

O rato percorreu os olhos assustados de um lado a outro, como se o seu cérebro estivesse prestes a dar pane. A cobra chegou mais perto, e o animal tentou escalar as paredes de vidro. A cobra sibilou e deu o bote, inoculando veneno no sangue da presa, que guinchava.

— Nosso amigo não merece uma segunda chance, chefe?

— Matias, não me faça perder a paciência. Você é meu braço direito. Essa situação já se estendeu por demais. Leva ele pra tomar um picolé de dioxina. Manda ele pra Simandópolis.

— Pode deixar, chefe.

O veneno se generalizou no sistema sanguíneo do roedor, paralisado com os olhinhos mortificados, agonizando.

— Pode chamar o Zaraba, chama quem você quiser, mas dá um jeito nisso.

— Vou resolver a situação.

— Certo.

— Com licença.

Matias estava prestes a sair da sala.

— Matias, telepensei você há pouco, e deu status off-line. Se isso voltar a acontecer, vou te botar no olho da rua.

Aldrick virou o resto da bebida e ficou assistindo ao processo digestivo de seu pet.

•••

Sentado em sua cadeira de encosto reclinável, o diretor-executivo da Sygma era observado em alta definição. Ao lado do painel do terminal, uma tela auxiliar exibia um espelhamento do computador de Aldrick, permitindo que os integrantes da Zona Livre acompanhassem suas ações em tempo real.

— Pegamos o filho da puta! — disse Osasco.

Após a conversa com Matias, Aldrick alisava seus cabelos. A tez parecia de silicone, como se tivesse recém-saído de uma fábrica de linha de montagem. Entusiasta de cirurgias plásticas, exagerou na aplicação de toxina botulínica. Sua presença era carregada de ímpeto. Até a dra. Sueli, que vivia confinada no contêiner, deixou o que fazia para espiá-lo.

Osasco fez a rolha da espumante atravessar o galpão. Para o coletivo operar em período diurno, a ocasião tinha que ser especial. E era. A operação "Vai por mim" tinha sido um sucesso. Boca estava em posse da senha do computador de Aldrick e de tudo o que ele havia digitado naquela manhã.

No começo da tarde, Aldrick bloqueou o computador e saiu para um compromisso externo com Tiago Valente, da Abin. Boca esperou que as luzes da sala se apagassem para logar outra vez. Configurou o explorador de arquivos para exibir pastas ocultas e, sem muito critério, começou a baixar diretórios inteiros para o terminal.

Trixie recebia os arquivos numa pasta compartilhada e fazia consultas dinâmicas, destacando os arquivos que lhe pareciam conter informações relevantes com um underline no título.

— Achei um banco de dados que lista as extensões mais utilizadas — disse Boca. — Olhos, comunicador por telepensamento, memovision, foco expandido, leitor de palatos, poligloter...

— Baixa — pediu Trixie, alternando entre as janelas do localizador de arquivos num ritmo frenético. Suas pernas inquietas faziam a mesa sacudir.

Boca vasculhava as repartições do HD a partir do botnet. Não encontrou nada relacionado ao armazenamento de pensamentos privados, o tesouro que buscavam nas ramificações intermináveis de pastas e subpastas.

— Achei um controle de não usuários — anunciou Trixie.

— Sim — disse Boca. — Você viu que tem uma macro que lista nomes por grau de periculosidade? Bizarro!

— Procura meu nome — disse Filipe, despretensiosamente.

— Vejamos — comentou Trixie. — Filipe Parente Pinto, né? Está aqui. Seu índice é 1,5.

— O que isso significa?

A aba aberta por Trixie possuía as seguintes legendas: *1) inofensivo; 2) pouco perigoso; 3) potencialmente perigoso; 4) perigoso; 5) extremamente perigoso.*

— Como será que calculam isso? — perguntou Filipe.

— Vamos descobrir.

Trixie clicou duas vezes no nome de Filipe e uma nova janela foi aberta. Na parte esquerda da tela, havia uma foto de seu rosto, na verdade, um frame do vídeo feito pelo marmiteiro da Foodex. Na parte direita, havia um perfil com algumas informações sobre ele. O campo Características dizia que se tratava de um hoverboarder, conspiracionista, militante de rede social e entusiasta de rinhas de lutadores.

— Me senti ofendido — disse Filipe.

— Entendeu nossa preocupação com aparições públicas? — perguntou Trixie, que scrollava pela aplicação, procurando por perfis de outros membros da Zona Livre. Boca, Osasco e Filipe se aglomeravam no entorno, curiosos.

— Sujou, pessoal! — disse Osasco, primeiro a perceber que Aldrick tinha voltado à sala.

Boca tinha deixado o computador do CEO aberto no diretório C:/users/Aldrick/doc/dir1/priv/secret.

— Volume, Boca! — disse Trixie. — Anda!

Num rompante de fúria, Aldrick socou a mesa. Encarava a câmera embutida no monitor. Apareceu Edmilson, colando um pedaço de fita isolante sobre a câmera, desativando o microfone e trocando as senhas. As aplicações de acesso remoto em segundo plano foram removidas. O botnet ficou inoperante.

Asas de cupins se espalhavam pelo chão de parquê. Ácaros flutuavam no halo da lâmpada. Filipe desejou ter um criado-robô que o ajudasse com o trabalho doméstico.

Levantou-se da cadeira e foi até o banheiro. Ligou o chuveiro e soltou um grito agudo de comemoração por haver água. Deixou a água escorrer pelo corpo, um prazer com culpa. A sensação era de que cada banho podia ser o último. Até quando haveria água em São Paulo?

Ao sair do banho, vestiu a camiseta do Bad Brains e uma jaqueta jeans. Se olhou no espelho e avaliou os dentes. Tentava entender como pôde ter envelhecido tanto em tão pouco tempo. Precisava maneirar no álcool.

Chegando no Chernobyl, pegou uma cerveja e esperou a vez no pinball.

"Bola preparada."

Filipe liberou a primeira bola. Vidrado nas vicissitudes da bola de aço, lançava-a ao topo da mesa a toda hora. As pás se alternavam fluídas em jogadas precisas. Estava inspirado. As explosões no alto-falante, ininterruptas, anunciavam um grande acúmulo de pontos. Seguiu alheio à quantidade de dígitos no display. Lidou bem com as bolas extras, vindas de todas as direções. O pessoal da fila chegou a se cansar da espera. Muitos recolheram as fichas de cima do dispenser.

"Mistério", disse a voz robótica saída da máquina, soando como o comandante de uma velha nave.

Filipe sentiu que alguém calculava suas jogadas.

— Bravo, guerreiro — disse Trixie.

O aparecimento dela o desconcertou. Filipe desejou que a partida terminasse logo, e não demorou para que perdesse sua última bola.

"É, michou", disse a máquina, anunciando fim de jogo.

Sentaram-se à mesa. O robô-garçom serviu os pedidos. Trixie deu um gole em seu Manhattan.

— Eu não me conformo, Trixie. Como a sociedade pode silenciar sobre essa perseguição aos não usuários? — inquiriu Filipe.

Trixie soltou um suspiro.

— Não estou a fim de falar nisso. Podemos mudar de assunto? Estou com síndrome de burnout.

Ela apontou para a camiseta de Filipe e comentou que adorava Bad Brains. Disse que sua banda preferida era Black Flag. Filipe também adorava Black Flag. O álbum que ele mais escutava era o *My War*. A conversa se desviou para o campo da música, e eles descobriram um gosto em comum por punk clássico. Era raro encontrar quem ainda curtisse essas velharias, numa época em que os principais hits das paradas eram as faixas de space trap geradas por inteligência artificial.

Os dois passaram a trocar trivialidades. À medida que o álcool os envolvia, a conversa ia ficando mais pessoal. Filipe, que não era de se abrir, contou que fora criado por uma tia e que nunca chegou a conhecer os pais biológicos. Trixie disse que sentia muito e que, por essas e outras, pretendia ligar as trompas.

— Você não é muito nova pra tomar uma decisão dessas? — perguntou Filipe.

— Não faço nada sem ter certeza — ela respondeu.

Pela primeira vez, jogavam aberto, descobrindo muitos interesses semelhantes além da política. Tinham aflições parecidas em relação ao futuro. Foram sinceros quanto as suas incertezas. Permitindo um ao outro um vislumbre em suas intimidades, falaram sobre os filmes e livros que tinham moldado suas visões de mundo, sobre experiências sexuais frustradas e experimentações psicodélicas. Falaram sobre tudo, e foi como se uma nova dimensão se abrisse entre eles. Mais do que colegas de causa, podiam ser amigos.

Trôpegos, desceram as escadas para o subterrâneo do Chernobyl, onde funcionava um night club de música industrial e porra-louquice desenfreada. O espaço era decorado com televisores de tubo empilhados, rodando clipes de explosões nucleares, bombardeios aéreos e máquinas de polir metais soltando faíscas.

Trixie abriu espaço na pista. Numa gaiola que pendia do teto, uma loira platinada com cabelos long-bob, nua e toda tatuada, balançava no ritmo do kick da bateria eletrônica.

— Como você é duro! — gritou Trixie.

Filipe respondeu, mas sua voz foi soterrada pelos samples. Com as mãos em concha, ele repetiu:

— Dançar não é bem a minha praia.

Filipe tentou se soltar. Seu coração disparou quando os cabelos ralos de Trixie pinicaram seu rosto. Sem a certeza de que ela sentisse atração por ele, estava inseguro para arriscar uma investida, que poderia comprometer o bom relacionamento que parecia florescer naquela noite. Fosse como fosse, ela não parecia ser o tipo de garota que aguardava iniciativas. Só lhe restava entregar-se às circunstâncias.

Trixie falou em seu ouvido:

— Abre a boca.

Os pelos da nuca de Filipe se eriçaram.

— O que é isso? — perguntou ele.

— Confia — respondeu ela, depositando uma pílula vermelha na língua de Filipe e ingerindo uma da mesma cor.

As pessoas dançavam sob as luzes estroboscópicas. Envolta em fumaça de gelo seco, Trixie tinha os pulsos suspensos no ar. Filipe fechou os olhos. Suas mãos se tocaram. Trixie enlaçou o pescoço dele e o beijou.

Uma dominatrix com implantes subcutâneos no rosto e um chaveiro pendurado no choker segurava um homem musculoso pela coleira. Tirou a sunga dele e o fez rolar pelo chão, pisando-lhe com os coturnos.

A gaiola com a performer loira e rebolante começou a descer.

Com uma das chaves no pescoço, a dominatrix abriu o cadeado do ferrolho.

Uma estrutura de barras, roldanas e correntes foi levada ao centro da pista. A performer foi erguida. Uma equipe de apoio começou a enfiar ganchos por todo o seu corpo, até na boca, como um anzol. Soltaram a performer suavemente, até que ficasse suspensa de forma autônoma. Ela começou a girar.

A dominatrix puxou seu homem-cão para debaixo da goteira, que deitado de barriga para cima e língua de fora, deixava o sangue cair em sua cara.

— Deu bad trip — disse Filipe.
— Tá a fim de ir para a minha casa?

•••

Filipe acordou chumbado e com o braço formigando. Sentia uma dor na região pré-frontal da cabeça. Ao seu lado, Trixie dormia de calcinha. Ele a cobriu com o lençol e foi urinar. Recolheu as long necks do chão e colocou-as sobre a pia.

Era fim de tarde. Da janela, a Rua Bela Cintra estava agitada. Deitou-se no sofá, defrontando-se com seu reflexo na tela opaca. A noite anterior se perdera em detalhes. Sua boca tinha gosto de sexo. Ele reviveu as conversas. Ficou pensando se teria se esforçado em transparecer ser alguém melhor do que de fato era, ou se Trixie o estimulava a ser aquela pessoa. Era raro que conseguisse ser tão transparente com alguém, o que tinha sido um problema em relacionamentos anteriores. De todo modo, estava zureta demais para tirar conclusões tão profundas a respeito de uma noite.

Filipe ligou a tela e sintonizou o feed de notícias, clicando no vídeo que era um dos destaques da capa do portal.

*Morreu na noite desta sexta-feira um diretor da Sygma Corp, gigante da tecnologia brasileira. Matias Nascimento, de 46 anos, foi encontrado boiando no Rio Tietê, com o corpo carbonizado. A assessoria de imprensa da Sygma emitiu uma nota lamentando a perda. Prometeu dar apoio à família e coop...*

Uma mensagem de chamada anônima começou a piscar na tela. Fremia um alarme de estourar os tímpanos.

Trixie surgiu enrolada num quimono.

— Se esconde — disse Trixie. — Anda!

Filipe se abaixou atrás do sofá. Ela aceitou a chamada. Parça apareceu na tela.

— Tava dormindo? — perguntou Parça.
— Ia entrar no banho — disse Trixie.

— E aí, o que me conta?

— Estou aguardando sua autorização para iniciar a operação "Cano furado".

— Você já foi mais independente. O que tá pegando?

— Nada, Parça. É só cansaço.

— Cansaço, Trixie? — Parça subiu o tom. — Começa isso o quanto antes! Você é paga pra isso!

Trixie ficou calada.

— Se cê é parça como se diz, chega junto — disse Filipe, levantando-se de cuecas de trás do sofá. — Desce desse teu pedestal, caralho!

Parça virou a cara. Olhava para o lado, incrédulo, como se quisesse desver.

— Era só o que me faltava. Vocês querem foder com o esquema?! Trixie: operação "Cano furado" — disse ele, interrompendo a videochamada de forma abrupta.

Trixie ficou possessa.

— Qual é a sua, Filipe?

— Estou farto dessa babação! Ai, que o Parça isso, que o Parça aquilo...

— Por que foi se meter na conversa?

— Esse cara é um manipulador, você não percebe? Quem ele pensa que é pra falar com você desse jeito?

— Baixa a bola, cara! Não preciso de macho pra me defender, não!

— E deixa macho gritar com você?! — gritou Filipe.

— Meu... zarpa da minha casa!

Filipe se vestiu, juntou seus pertences e foi embora. Pegou metrô na Consolação. Chegou em casa se sentindo sujo, mas o fornecimento de água havia sido interrompido na sua região.

# 10.

Largos fios d'água jorravam dos buracos do teto do galpão. A chuva não dava trégua. O charco que se formava no piso aumentava o risco de curto-circuito à rede elétrica. Com um rodo, Filipe se esforçava para afastar a água dos equipamentos eletrônicos. Os ruídos de estática, engolidos pelo estrépito do gerador, disputavam volume com o teclado de Boca, prestes a desativar o firewall do sistema de inteligência do governo. Naquela madrugada, apenas a dupla estava de plantão.

— Pode ativar o controlador — disse Boca, executando o ping. A tela arrolou as portas e Boca localizou o gateway. — Pega uma breja pra gente?

Filipe escorou o rodo e caminhou até a geladeira, enfraquecida devido à sobrecarga do sistema de energia. Apanhou cervejas frias. Jogou uma para testar os reflexos de Boca, que não a deixou cair por um triz.

O rapaz abriu a cerveja e, em vias de quebrar a chave do sistema da Agência Brasileira de Inteligência, a Abin, perguntou:

— Tudo pronto?

— Pau na máquina!

Boca apertou Enter e derrubou o duplo fator de autenticação. Uma sucessão de linhas de código percorreu o monitor auxiliar. Na tela principal, Boca estava diante do prompt de comando do computador da Abin. As portas foram escancaradas.

— Você faz um ataque dessa magnitude parecer fácil — disse Filipe, com frio na barriga.

— O que dificultou foi a sujeira do código. Com certeza uma equipe de amadores — zombou Boca, dando um gole na cerveja. — Isso que dá fraudar licitação para beneficiar empresa de filho de congressista. Fizeram um trampo de script kiddie.

A aplicação que procuravam, sisconda.exe, estava no diretório raiz. A exportação do banco de dados era mais delicada, pois exigia particionamento e transferência fragmentada.

— Tô com o cu na mão — disse Boca.

— Duvido que identifiquem o acesso — declarou Filipe.

— Sempre tem alguém de plantão. Se chegam a restabelecer o footprint, podem detectar atividade suspeita.

— Seria quase impossível rastrear o host.

— Falou bem, "quase". Por isso tenho que ficar mudando de IP a cada três minutos.

Boca beijou o gabinete e deu início às transferências. Os arquivos eram baixados, e Boca papeava com a namorada num chat de mensagens criptografadas no canto da tela. Filipe fingiu que não lia.

*tô ovulando horrores huashah*
*assim fico excitado*
*pode ligar a cam?*
*agora não dá*
*ah :'(*
*alguém aí com vc?*
*um parceiro*
*o do vídeo?*
*o próprio*
*vai me filmar com essa bosta aí, haole?*
*haushha*

Filipe roía as unhas. Boca minimizou o messenger e secou a long neck.

— Como é que estão as coisas com a Trixie? — perguntou Boca.

— Numa boa.

— Parece que vocês têm se evitado.

Filipe sorriu, sem graça.

— A Trixie anda mal-humorada.

— Vocês fedem a feromônios.

O coice do processador cavalar do terminal fez com que a exportação fosse ágil. Concluída a transferência, Boca reativou o logging e jogou os arquivos no compilador.

— Saúde! — disse Boca.

— Saúde — respondeu Filipe, com um olhar perdido.

— Ânimo, pô! Acabamos de roubar o software do serviço de inteligência!

— Sem querer me intrometer, Boca, mas você fica comentando sobre o trampo com sua mina?

— Tava lendo minhas conversas?

— Até me conhecer ela conhece!
— Quem não te conhece, feio? Você é o garoto do momento.
— Meu vídeo já é coisa do passado. O que mais ela sabe?
— Ah, ela sabe que sou hacker. Só isso. Não fico entrando em detalhes. A mina é firmeza. Das nossas, mano. Tenho total confiança nela.

Filipe bufou, resignando-se ao fato de que a conversa não daria em nada.

A barra de progresso se encheu e Boca abriu o executável do Sisconda, o Sistema de Convergência de Dados. Xiscou a caixa de seleção do mapeador de padrões de pensamento e clicou em OK.

A tela que se abriu foi batizada por Boca como os "trending topics da mente", um banco de dados que reunia informações sobre o que os usuários do neurolink pensavam sobre assuntos de ordem pública. A Sygma enviava dados ao governo num trâmite inconstitucional, com o qual o Planalto era conivente. Era a prova cabal de que havia um gabinete paralelo no Palácio da Alvorada, uma polícia do pensamento, um setor inteiro dedicado a compilar informações para fornecer relatórios aos ministros do Executivo. Códigos binários revertidos em ações governamentais.

O Sisconda recebia os pensamentos frequentes dos usuários do neurolink e os compilava em categorias e subcategorias. Tinha opções avançadas de indexação e listagens por tópico. Mais do que um termômetro para tecer conjecturas sobre a aceitação de novas medidas, era uma ferramenta concreta para entender os desejos da população. Os relatórios extraídos iam desde assuntos importantes, como segurança pública, economia e cultura, a trivialidades como esportes, moda e tendências de comportamento. Diversas combinações podiam ser feitas. O povo desejava maior segurança nas ruas. Acionando os filtros certos, dava para chegar a resultados bem específicos. O povo queria uma polícia mais tecnológica. Então, era provável que aceitasse de bom grado o uso da extensão Olhos pelas forças militares. Todos sonhavam com carros voadores. Isenções fiscais aos fabricantes se reverteriam em preços acessíveis ao consumidor final. Clamavam pelo fim do rodízio de água. Era só afrouxar as limitações para extração dos recursos hídricos do Aquífero Guarani, e aproveitando o ensejo, fazer umas concessões ao agronegócio, importante base de apoio governista. O presidente só precisava de uma caneta para atender aos desejos do povo, desde que não atentassem contra os interesses de seus parceiros econômicos. Era fácil alcançar índices inéditos de aprovação.

A janela do chat piscava no canto da tela.

— Vai dormir aqui? — perguntou Boca.

— Vou é tombar a nave — respondeu Filipe.

— Preciso becapear o bagulho. Vamos tomar mais uma?

— Não posso ficar bêbado. Tô de board. Vou chegar em casa e capotar. Amanhã, ninguém me viu.

— Suave. Valeu pela parceria.

— Foi um privilégio. Você é um monstro do hacking!

— Depois dessa, vou passar um tempo fora. Parça me deu umas miniférias. Se pá te ligo, pra gente dar um rolê.

— Demorô!

Filipe deixou o galpão sob uma fina garoa.

•••

Boca organizava a área de trabalho do terminal e conversava com a namorada. Fez juras disléxicas de amor e prometeu levá-la para assistir a próxima rinha de lutadores. Enquanto ela permanecia on-line, ele foi arranjando o que fazer. Durante longas jornadas de programação, deixava tudo virado de pernas para o ar. No final, limpava o terreno para dar início a um novo ciclo de caos organizacional.

A garota ficou ausente, e Boca pensou que ela tivesse dormido com o celular na mão ou que a bateria tivesse acabado. Desligou o terminal, guardou o HD externo no baú do almox, deu sua parte por concluída e fechou o galpão.

O dia começava a nascer. Boca subiu as escadarias, andou duas quadras e embarcou no autotáxi.

— Bem-vindo a bordo — disse o sistema de som.

Boca pescou durante boa parte da viagem. Quando deu por si, passava pela Av. Tiradentes. Segundo estimativa do autotáxi, faltavam quinze minutos para chegar em casa. Ele tentou permanecer acordado. A cidade era curiosa àquela hora. As casas noturnas estavam fechando, e os bêbados cambaleavam entre pessoas indo ao trabalho. Logo começariam os engarrafamentos. Ele estranhou quando o autotáxi pegou a rotatória da Cruzeiro do Sul. O tempo de viagem subiu para vinte e dois minutos. O trajeto no mapa do painel estava errado. Tentou corrigir a rota no celular.

*O trajeto não pode ser alterado. Por favor, aguarde o término da viagem.*

Boca passava pelo estádio do Canindé. O cheiro de esgoto do Rio Tietê importunava o olfato. Tentou descer os vidros do veículo, sem sucesso. Era como se as janelas estivessem avariadas. Tentou abrir a porta.

*Por favor, aguarde o término da viagem.*

Boca apertou em *Relatar problema* no menu do aplicativo.

*Esta opção não está disponível no momento.*

Qualquer pessoa numa situação dessas ficaria aflita. Boca sabia que tinha dado alguma merda.

# 11.

No pavilhão do centro de convenções, Aldrick posou para fotos e tocou as mãos dos fãs. Era aguardado desde a madrugada por um público ansioso pelo lançamento do novo neurolink. Atrás da lona no fundo do palco, ele ergueu a cabeça para sua assistente.

— Está com a lousa suja — disse ela.

Aldrick fungou com força, tapando cada uma das narinas, tornando a mostrar-lhe o nariz.

— Agora sim.

Uma animação institucional com o logo da Sygma rodava no telão backdrop. Aldrick assumiu o palco.
— Senhoras e senhores, boa noite.
Pegou um porta-joias de veludo no púlpito.
— Com vocês, o novo neurolink.
Quando Aldrick abriu a caixinha, câmeras e flashes começaram a estourar por todos os lados. O telão mostrava, em detalhes, um neurolink chanfrado nas extremidades. Aldrick sorria. Esperou que a turba silenciasse para recobrar a fala.
— O novo neurolink estará disponível a partir da meia-noite, nas principais lojas do país.
Aldrick plugou um cabo no neurolink e o espetou na cabeça, projetando o novo sistema operacional no modo visão, de forma que o público via na tela o que seus olhos viam.
— Com o novo neurolink, todos sonharão grande. A primeira novidade que quero mostrar é o Omniricus, nosso aplicativo de captura de sonhos. O Omniricus faz a conversão dos impulsos nervosos em projeções imagéticas, permitindo a exportação de sonhos em formato de vídeo. Gente, dá pra acreditar numa coisa dessas? Poder compartilhar seus sonhos na Bolha? A que ponto chegou a tecnologia! O Omniricus é uma inovação imperdível para artistas com aspirações surrealistas, que poderão criar até dormindo. Vai ser revolucionário para a indústria do entretenimento.
Movimentando os dedos pelo ar, Aldrick navegava pela interface do neurolink. Ativou o ícone de um novo aplicativo nativo.
— A razão do sucesso da Sygma, é que sempre estivemos antenados às carências das pessoas. Alarmados com o crescimento do índice de suicídios, em especial, em grandes cidades como São Paulo, decidimos inovar. Montamos um time com psicólogos e psiquiatras de renome. Em parceria com a nossa equipe de programadores, desenvolvemos o Terapeuta Digital, capaz de detectar mesmo os mais raros distúrbios da mente. Nosso aplicativo foi testado e aprovado pela Associação Brasileira de Psiquiatria. Olhem só. Ativando o emotracker, posso ter total controle sobre minhas emoções. Como podem ver, estou com a saúde mental boa, graças a

Deus. É a alegria por estar dividindo este momento histórico com vocês.

Os ouvintes puxaram uma salva de palmas. Aldrick ergueu as mãos, pedindo paciência.

— Calma, que tem mais. Queremos proporcionar experiências de imersão digital cada vez mais realistas. Por isso, estamos lançando a função de sinestesia, que com o nosso novo emulador genodedicado, permitirá que os usuários importem traços físicos e comportamentais de pessoas em forma de ROM, direto para o aplicativo de realidade virtual. É o fim da era dos namoros a distância, minha gente.

Um burburinho subia da plateia.

— Não quero estragar todas as surpresas. Vou deixar que descubram as demais funcionalidades por conta própria — disse Aldrick, encerrando a apresentação.

Aldrick desconectou o neurolink do telão e abriu o feed da Bolha. Os jornalistas olhavam seus celulares.

Horas antes, Trixie havia vazado os relatórios extraídos do Sisconda num site wiki. Os usuários do fórum da Zona Livre ajudaram a replicar os documentos. A bomba estava se espalhando pelas redes sociais e chegava aos veículos de imprensa.

•••

No after da 15ª Convenção Internacional de Tecnologia e Empreendedorismo, conhecida como Conite, figuras influentes no cenário do poder nacional se reuniram no Terraço Itália. Empresários, banqueiros e políticos se misturavam a conselheiros e investidores, gente que movimentava o mercado interno, portando o kit e fechando negócios.

Na mesa de Aldrick estavam presentes alguns diretores da Sygma, Luís Salvani, seu cunhado e presidente do grupo Salvani, o chefe de gabinete da Justiça, o secretário de segurança pública do estado e Eliseu Delgado, líder do Pelotão do Sagrado Losango. Os convivas harmonizavam vinho Chardonnay e risoto de camarão com creme de aspargos.

— Estou apreensivo com esse abacaxi — disse o diretor de expansão da Sygma.

— Relaxa — disse Aldrick. — Nenhuma verdade é absoluta. Podemos provar que o que fizemos foi para o bem geral da nação.
— Temos que usar a cabeça — afirmou Luís Salvani.
— Aí você tá entrando na minha jurisdição — disse Aldrick, rindo.

## 12.

Um grupo de manifestantes se aglomerava em frente à sede da Sygma, repercutindo o vazamento de dados da Abin. Os descontentes eram algo que meia dúzia de praças daria conta de dispersar. Os manifestantes pediam total recall do novo neurolink. Uma ativista com os seios à mostra erguia um cartaz escrito "Não quero ser emulada". Um homem berrava frases de efeito num megafone.

— Eles roubam nossas memórias, nossos afetos, nossa ideologia! Roubam nossa forma de estar no mundo!

Segundo ele, a ONU tinha emitido uma nota alertando sobre o uso da tecnologia para controle estatal, cobrando uma posição do governo brasileiro. Mas quem prestava atenção às denúncias da ONU?

Intrigado com o congestionamento na superfície, Filipe flutuava devagar. Lá embaixo, os motoristas chegavam a abandonar seus veículos. A manifestação em frente à Sygma não era expressiva o suficiente para causar tumulto. A multidão maior se concentrava adiante. Filipe ficou sem entender a divisão.

No vão livre do MASP, as pessoas seguravam faixas com a frase "Minha mente é um livro aberto" e vestiam camisetas com o logo da Sygma. Muitas já usavam o novo neurolink.

Filipe voou até uma lanchonete e pediu um misto-quente. O único funcionário do estabelecimento usava a extensão neurolink for business, e não precisou anotar nada em sua comanda.

Um senhor segurando uma pasta sentou-se no balcão. A smart-tela noticiava os atos.

— Estamos ao vivo sobrevoando a Av. Paulista, onde manifestantes realizam um protesto pacífico — disse o âncora da Rede Pindorama. — Os atos foram convocados em resposta à extração indevida de dados do Sisconda, um programa de computador criado por uma parceria entre o setor privado, o governo e o serviço secreto brasileiro para conhecer as necessidades do povo. Cidadãos tiveram seus dados e pensamentos vazados nesses registros, o que gerou revolta na população, em especial, entre usuários do neurolink, o famoso headset da Sygma. O governo federal pede investigação dos terroristas que invadiram o Sisconda. A seguir: a equipe da Dynasonic Portuguesa assumiu a liderança do Brasileirão após vitória contundente contra a equipe Geromed Juventude.

— Entendi foi nada — disse o dono da lanchonete.

— É um protesto pró-intervenção mental — explicou o cliente no balcão.

O homem comentou sobre a campanha "Minha mente é um livro aberto". Espelhou o Canal Louvação com a força do pensamento, por intermédio do neurolink. No canto da tela, o número de espectadores aumentava.

— Alguém tem algo a esconder? Estou com o neurolink aqui, ó. E estou com Deus aqui — gritava o pastor Eliseu Delgado, batendo no peito na live de um culto lotado na matriz do Pelotão do Sagrado Losango. — Ele olha através de nós, observa nossas cabeças. Para nós, não há nada novo nisso. O que está acontecendo hoje, na Av. Paulista, é um sinal. Um sinal de que o povo está unido. Meu negócio é com Deus, mas como todo cidadão, tenho o direito de me posicionar. Quando o time joga bem, temos que aplaudir. O Brasil está indo para a frente e Deus está conosco! Ser contra o neurolink é ser a favor da cidade do pecado. Esses que são contra o neurolink são revolucionários de apartamento, que passam o dia no computador. A verdadeira revolução é a nossa. Não conhecem a dureza da vida. Mas nossa polícia vai pegar esses hackers. Ah, se vai. A polícia brasileira é uma das mais bem preparadas do mundo!

Entre aplausos e reverências, a câmera focalizou uma usuária do neurolink com as palmas das mãos para cima, chorando e agradecendo em voz alta.

— Esse pastor sabe o que fala — disse o cliente. O dono da lanchonete concordou.

Filipe alternava a atenção entre a TV e o celular.

— A vigilância do pensamento é uma coisa boa — disse Eliseu. — Querem acabar com o nosso sonho. Clamo a vocês, fiéis, que divulguem nossos conteúdos em suas Bolhas. A verdadeira revolução já começou! Espalhem a mensagem. Apoiem nossa campanha. Aceitamos cartões, criptomoedas e pagamentos por biometria...

Filipe engoliu o lanche e saiu do estabelecimento. Não conseguia acreditar no que tinha acabado de escutar. Sentou-se num banco de praça e manteve os pés fincados no board desligado, pronto para sair.

Observou a manada voltando da manifestação após defender a coleta de dados, como se fosse beneficiada por isso. Não enxergavam que não havia neutralidade no neurolink, ou em qualquer outra tecnologia. Louvavam as corporações como se elas fossem imparciais, à prova de suspeitas, ignorando que a própria aspiração à neutralidade já era um posicionamento. Os brasileiros haviam entrado numas de estufar o peito para bradar asneiras. De nada adiantava argumentar com aquela massa amorfa, tão apegada às suas balelas. Filipe foi tachado de conspiracionista por dizer o óbvio. Ingressou num grupo de ação direta porque palavras nunca foram o bastante. Mas foi ingênuo. O impacto que a Zona Livre causara era mínimo. Ele se perguntava se tinha valido a pena correr tantos riscos.

O celular vibrou no bolso, resgatando-o da letargia. Filipe abriu o messenger.

*Boa tarde, Filipe. Preciso falar com você*
*quem é?*
*Meu nome é Vitória, sou representante comercial da Sygma. Estamos com ofertas para novos clientes. Que horas eu poderia te ligar?*
*nenhuma*

*Posso passar as infos por aqui?*
*vá pro inferno!*

**...**

Estados alterados de consciência eram o único jeito de suportar o peso da realidade. Filipe sentia-se no fundo do poço. Entrou num prédio abandonado na Luz, e um vira-latas encarniçado foi saudá-lo. A quadrada não pesava mais na cintura. O peso do revólver tinha se tornado familiar, quase que uma extensão natural do corpo.

Ele dirigiu-se ao avión escorado numa pilastra.

— Me vê cinquenta.

— Eres um poli? — perguntou o aviãozinho.

— Poli é o cacete.

O garoto entregou as três promessas de uma noite intensa, que Filipe distribuiu nos bolsos.

Imerso num vórtice de más vibrações, encostou no Chernobyl. Foi direto ao banheiro. O pó subiu rasgando a cartilagem nasal. Ele se assoou e ocupou uma mesa. A cerveja descia macia pela língua dormente.

Foi ao banheiro outra vez. Mijou de porta aberta, jogou água no rosto. Um homem de terno parado em frente ao mictório o mirava por baixo dos óculos tropofocais. Não era de criar juízos com base nas aparências, mas homens de terno destoavam muito no Chernobyl, e todos eles eram dignos de suspeita. A tensão no ar era palpável. Filipe deixou o banheiro sem enxugar as mãos.

Antes de sair, olhou para dentro do bar uma última vez. Sentiu um calafrio percorrer sua espinha ao ver o homem de terno escorado numa pilastra, olhando fixo em sua direção.

Filipe pisou na rua e deu o maior pino. Só arrefeceu quando chegou ao Viaduto do Chá. Acalmou o passo, mas sua mente continuava a mil por hora. Subiu até a Av. Paulista e distraiu-se com o telão próximo ao prédio da Gazeta. O maior camisa 9 da seleção brasileira, Diomar, vestia a amarelinha e apontava o dedo, cobrando resposta dos jovens prestes a completar dezesseis anos. *Craque que é craque, defende o Brasil. Aliste-se!*

Um homem de terno se aproximava na direção contrária. Não era o mesmo do Chernobyl. Filipe cedeu o canto para que ele passasse, esbarrando nele. Filipe praguejou e fitou o babaca passar no flanco.

Atordoado pelo brilho das luzes de neon e pela infestação de propagandas, desceu a Rua Augusta pela beira da calçada, evitando cortar as rodas de esquisitões com distúrbio de déficit de atenção. Foi envolvido pelo cheiro de luxúria, recebendo uma oferta de sexo por metro quadrado.

Percebeu um outro homem de terno olhando para ele sob óculos tropofocais. Era ele. Filipe correu para o meio da rua, passando entre os carros em movimento. Chegou a perder o persecutor de vista.

Com manobras de parkour, demonstrando sinais de aperfeiçoamento de cerebelo, o homem de terno ressurgiu em seu encalço.

No Largo do Paiçandu, Filipe sacou a arma, mas não a apontou. Corria com o pescoço de lado, tentando não perder o homem de vista. Ponderou se aquela era uma situação imprescindível para o uso da violência. Ficou com receio de acertar algum pedestre. Nesse ínterim, um projétil atingiu seu peito.

Tudo ficou escuro.

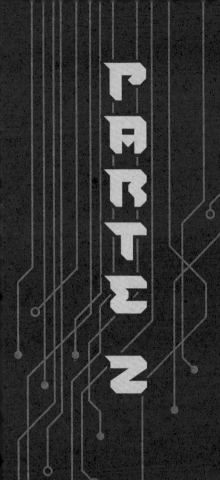

# 1.

Filipe estava instalado no Tremembé, numa unidade da Embragel, a Empresa Brasileira de Gestão de Liberdades, numa cela com outros nove, a saber, uma mula do tráfico, um ladrão pé de chinelo, um estelionatário, um homicida, um sem-teto caído na criminalidade — para quem estar preso não era o fim do mundo — e outros quatro cuja sentença ele desconhecia. Sabia, não obstante, que, diferente dele, todos eram tarimbados no crime. Não lhe davam careta nem bagulho, apenas socos e pontapés. Ameaçavam furá-lo. Filipe não sabia em qual sentido. Botava a cara na grade e perguntava do que estava sendo acusado. Os pés de porco se limitavam a sorrir.

Em dias de futebol, Filipe se acostumou a assistir, mas não pôde recuar quando o escalaram como árbitro. Tarefa espinhosa. Os caras eram uns cavalos. Jogavam como se disputassem a final da Copa. Vitinho, um réu confesso com tatuagem de lágrima no rosto, deu no meio de um pau de virar tripa numa jogada de lateral de campo, que não representava perigo à meta de seu time. Teve início um entrevero. Filipe expulsou Vitinho do jogo e acabou na enfermaria. Ao menos conseguiu uma cela individual e ficou isolado em segurança.

O oitavo quadrado com X cunhado na pedra representava um mês e meio de Embragel. Nas noites frias, Filipe dormia abraçado aos joelhos. Abriu mão dos banhos de sol. Só saía para limpar os banheiros de uso comum. Pior que esfregar os vasos, era desentupir a piscina dos mictórios coletivos, exposto a sabe-se lá que coleção de doenças.

Filipe evitou ligar para Trixie, pois temia colocá-la no radar. Levou dois meses para conseguir falar com um defensor público. Só então soube por que estava preso. Com base na informação fornecida pelo sistema de reconhecimento facial da Sygma — responsável por identificar seu rosto no vídeo da treta —, a Justiça resolvera enquadrá-lo numa desconhecida lei de desacato retroativo, por ter usado a palavra "gambé" na hora de uma abordagem policial. Cumpriria a pena em regime aberto, se não tivesse fugido do agente à paisana.

Acabou sendo preso por porte ilegal de arma e de drogas no momento da detenção. Ao menos foi isso o que lhe disseram.

O Estado oferecera a Filipe um advogado confiante em anular a sentença, embora, segundo ele, o processo pudesse levar meses para tramitar.

Cada dia na Embragel era uma eternidade. Filipe estava conformado com a reclusão, até que anunciaram a visita de Carol, identidade falsa de Beatriz, a Trixie, para quem era das internas.

Algemado, Filipe foi conduzido ao refeitório. O recinto era um uníssono de vozes embargadas.

Sentaram-se frente a frente. Trixie estava um tanto biomodificada.

— Como você tá magro!

— A comida daqui parece que foi tirada da caixa de gordura do meu apartamento.

As feições de Trixie estavam rijas pela ação do descondensador debaixo da face. Filipe conhecia o incômodo.

— Teve notícias do Boca?

Trixie meneou em negativa.

Filipe esfregou os olhos marejados. Um guarda de uniforme vinha do final do corredor, a mão prostrada no cassetete de eletrochoque.

— O advogado disse que pode levar anos até que o processo siga para audiência pública — disse Filipe. — Eu nem sabia da existência dessa lei de desacato retroativo.

— Esquece advogado. Devem suspeitar que você é um dos responsáveis pelos... — Trixie esperou o funça passar. — Pelos vazamentos do Sisconda.

— Eles não podem provar isso.

— Não podem, mas arranjaram outra desculpa pra te manter trancado aqui. Você é um preso político, Filipe.

— Puta sorte, hein?

Trixie explicou como pretendia tirá-lo dali. Filipe mostrou-se um tanto contrariado.

— Isso me tornaria um foragido da Justiça.

— Tem alguma ideia melhor?

Foi uma pergunta retórica.

...

Filipe conversava com uma pomba que, toda noite, ia dar o ar da graça no parapeito da solitária, local amiúde escolhido para a feitura de ninhos em complexos penitenciários. Se vissem a cena, teriam achado sintomático do isolamento prolongado. Mas aquela não era uma pomba normal. Ela tinha a voz de Trixie. Tratava-se de um mod do quad-helix de fabricação indiana, um drone de ação curta, capaz de voar por trinta minutos e atingir quarenta quilômetros por hora. Além da camuflagem, seu ponto forte era os instrumentos embutidos. Era uma caixa de ferramentas voadora, refinada com o acréscimo de algumas funções específicas para ação furtiva.

Um compartimento no peito da pomba se abriu. Um instrumento com hastes articuladas passou um pacote fino entre as grades. Da cloaca, saiu um cano-difusor que despejou um líquido no concreto. Fruto da sabedoria milenar das civilizações pré-colombianas, cujas técnicas eram consideradas obsoletas para a moderna engenharia civil, o líquido era utilizado pelas civilizações protohispânicas para moldar monólitos de toneladas. Sua fórmula, perdida no século 17, foi redescoberta por pesquisadores neoincas. Era uma mistura de ácidos e compostos químicos com diluição de óleo de uma planta que os arqueólogos peruanos batizaram de ayarkachi rojo, encontrada nas margens de um rio andino. Em questão de dois minutos, a consistência do concreto se alterou. Quem diria que um extrato vegetal alteraria a rigidez da pedra, que se abrandava conforme a parede absorvia o líquido em toda sua espessura, ficando amolecida, pastosa feito cimento úmido.

A estrutura suplementar de microturbinas a gás da pomba-drone foi ativada, possibilitando que pairasse estática, como um beija-flor. Os propulsores auxiliares e os rotores ultrapotentes soavam como uma nuvem de gafanhotos consumindo altas cargas de lítio. O som se dispersava, chegando como um leve sibilo à torre de vigilância, onde a sentinela, para aguentar o tranco das jornadas noturnas, ouvia uma estação de rádio e se distraía com o feed da Bolha.

Com um par de serras longas, a pomba traçou um perfil retangular no cimento vertido em bloco de argila cinza, que despencou cela adentro. Os detentos vizinhos perceberam que algo atípico estava acontecendo no pavilhão.

A pomba fez sua parte e voou capenga em direção ao carro, estacionado a poucas quadras, de onde Trixie a controlava com base num painel ligado no acendedor de cigarro. Era uma ave bêbada, com a bateria fraca, voando esquisito. De longe, um risquinho no céu.

Filipe abriu o pacote, e o planador portátil se desdobrou sozinho. Ele destravou as talas, estendeu a barra transversal e encaixou-a nas varas do floater. Ensaiou a pegada, tomou impulso e saltou do décimo segundo andar do presídio. Nunca usara um planador portátil. Era boa a sensação de voar de novo. O planador tinha boa aerodinâmica, mas era difícil manobrá-lo contra o vento serrano do Tremembé. Que a experiência como hoverboarder fosse útil.

Intrigado, o guarda titubeou. Levou alguns segundos entre assimilar o detento planando num glider e identificar o rombo na parede da cela. Apertou um botão vermelho, pegou o fuzil de precisão e mirou.

— Alerta Nível 5! Alerta Nível 5! — repetia a gravação unissonante, sobre uma estridente sirene de emergência.

Filipe se esquivou ao primeiro tiro como um tatu-bola ouriçado. O segundo tiro fez um furo no tecido. O planador perdeu altura depressa. A guarda de plantão se dirigia ao pátio. Os presos faziam alvoroço nas celas. O muro se agigantava diante de Filipe. Somado às barras luminosas de alta tensão, devia ter quinze metros. Escapando de um terceiro tiro, ele jogou o corpo para trás e ganhou impulsão para se projetar por cima das barras, num movimento olímpico, que testava os limites das leis da física. Mesmo tendo trespassado a barreira um metro acima da linha de força, sentiu uma carga elétrica passar por sua perna, tão potente que até o ar se tornava condutor.

O planador grudou nas barras luminosas e foi destroçado. Filipe contou com a sorte de ter sua queda amortecida por uma copa de árvore. Perto da entrada do presídio, Trixie o aguardava com a porta do passageiro aberta. Ela deu a partida e saiu cantando pneus. Um buraco de bala se abriu no para-brisa, outros quatro na lataria, que não servia de escudo contra armas de alto calibre. Trixie se abaixou com as mãos no volante, ziguezagueando pela rua. Desapareceu numa curva.

Se a moda pegasse, não sobraria um preso na Embragel.

As pilhas de pallets podres, os colchões mofados e o equipamento funcional perdido em meio ao entulho davam a entender que o coletivo tinha renunciado aos seus propósitos. Tudo no galpão prestava a um ar de decadência, mas as baratas mortas e os cacos de vidro espalhados pelo chão serviam para lembrar que não havia glamour na guerra. Apesar dos contratempos, a Zona Livre seguiu operante.

Osasco saiu de baixo de um carro suspenso por macaco hidráulico e juntou-se à conversa entre Trixie e Filipe. Ela ia lhe dizendo que, durante sua ausência, um usuário do fórum a contatou por direct, alegando ter invadido a caixa IMAP de uma agência de modelos contratada pela Sygma para trabalhar na Conite. Os documentos que ele enviou continham trocas de mensagens suspeitas entre a agência e um funcionário da big tech, que se comunicava a partir de um webmail gratuito. Trixie filtrou o nome do funcionário no backup dos e-mails e deu por conta que a parceria entre as empresas não era recente. Vasculhando a pasta "Itens excluídos", encontrou um "book rosa" e vários contratos de gaveta firmados entre as partes, por meio de uma empresa laranja que, segundo o hacker, seria ligada a Luís Salvani.

Ele acreditava que a Sygma dispusesse de uma equipe paralela de catfishs de honey traps cognominadas Mata Haris, que atuavam através de sexting e compartilhamento de nudes como baits, em shows privados via webcam e *in loco*, se necessário.

Trixie quis saber como o hacker havia associado a empresa laranja ao nome de Luís Salvani, posto que não havia indícios de nada disso nos backups. O hacker, no entanto, deixou de responder suas mensagens e não logou mais na Zona Livre.

— Isso quer dizer que a namorada do Boca era fake? — perguntou Filipe.

Trixie assentiu.

— O Boca era carente.

Filipe se arrepiou ao ouvi-la se referir a ele no passado.

— Esses gênios da informática são presas fáceis — comentou Osasco. — Sabem tudo de código, mas nunca viram um rabo de saia.

Filipe conferia as notícias e navegava pela internet, buscando se inteirar dos acontecimentos recentes. Deparou-se com seu próprio retrato estampado na home de um hotsite feito por algum escritório de pronto atendimento publicitário. O arroubo da exposição pública, velha conhecida, se apossava dele, até que o rosto de Parça surgiu na tela, interrompendo seu ensimesmamento.

Parça começou a explicar a teoria que havia formulado durante um retiro espiritual. Era raro ouvi-lo falar sobre a vida pessoal assim, tão sem cerimônias. A discrepância entre suas situações não poderia ser mais gritante, e Filipe se indignou com a falta de empatia.

— Eu comendo o pão que o Diabo amassou, e você em retiro espiritual? — rosnou Filipe.

Parça se piscou todo e emitiu balbucios, tentando não perder o fio da meada.

— Como eu ia dizendo... durante a trilha, vi uma cobra que me trouxe uma iluminação. Revirei nossos registros em busca daquela cobra que Aldrick mantém no escritório, uma jararaca-ilhoa. Essa espécie só existe na Ilha da Queimada Grande. Isso me fez pensar: como Aldrick teria uma cobra dessas? Poderia tê-la comprado, é claro. Essas cobras podem valer até cem mil no mercado ilegal. Dinheiro de troco pro Aldrick. Mas não acredito que ele a tenha comprado. Anos atrás, a Ilha da Queimada Grande foi privatizada na surdina, sem consulta pública. O comprador? Luís Salvani, que vem a ser cunhado de Aldrick. E o que isso significa? Que a Sygma tem passe livre para entrar na Ilha da Queimada Grande a hora que bem lhe aprouver. Como diz o velho ditado, diga-me com quem andas, e te direi a que fedes. A jararaca-ilhoa é como um pequeno souvenir. Uma pista que nos leva a uma rede de atividades clandestinas na ilha — Parça deu um tapa na própria testa — só agora fui me dar conta.

— É uma bela hipótese — comentou Osasco —, mas tem certeza?

— A única certeza que tenho, é que a Sygma tem agido como uma organização criminosa — disse Parça. — Estou em contato diplomático com a Yakuza. Eles podem nos ajudar a passar essa história a limpo.

Então, o que diabos a Yakuza tinha a ver com isso? Era a pergunta que Filipe não conseguia calar.

•••

Av. 9 de Julho congestionada, com um acidente bloqueando a faixa da direita. As mãos de Trixie permaneciam estáticas no volante, enquanto as luzes do túnel mudavam de cor. Irrequieto no banco do passageiro, Filipe mexia na tiara.

— Para com isso — disse Trixie. — Vai acabar desconfigurando.

— Odeio estes wireheads cheios de bugs — reclamou Filipe.

Osasco se divertia com a ranhetice de Filipe. Também usava uma tiara.

Os dois estavam na estica.

— Até hoje, só usei terno pra fazer bico de garçom — disse Filipe. — Precisa dessa formalidade?

— É tipo uma credencial — disse Osasco. — Vai por mim.

O agente de trânsito liberou o fluxo. A placa do hospital tinha uma marca de tiro na cruz vermelha. Filipe gostava de como, naquela região, os nomes dos estabelecimentos eram exibidos na vertical, em caracteres com contorno de neon.

Trixie parou o carro em frente a um muro com grafite de dragão, iluminado por um varal de lanternas chouchin moji. Osasco desembarcou. Antes que Filipe saísse, Trixie alinhou a costura do paletó aos ombros e desejou sorte.

— Espero que essa sessão me valha um bom adicional de periculosidade — disse Filipe.

Fumaça saía das narinas da tampa boca de lobo. Uma gota d'água vinda da caixa externa de um ar-condicionado defeituoso caiu no rosto de Filipe. Ele e Osasco dobraram a esquina, atravessando projeções de árvores sakura em holograma rosa. Passaram de cócoras por baixo do portão de ferro entreaberto da galeria Sogo Plaza. Os boxes estavam fechados; o elevador, inoperante. A dupla galgou as escadas, luzes se acendiam com o sensor de movimento, revelando as paredes descascadas, cobertas por cartazes em silabário hiragana.

Chegando no último andar, um rapaz de colete e camisa dobrada até a metade do braço se curvou e abriu passagem. O salão era amplo, de pé-direito baixo, forrado com carpete com padrão de arabescos. Um lustre de cristal pendia do centro, como uma hipérbole num período curto. Japoneses engomados se aglomeravam diante de um crupiê de blackjack. Uma moça kawaii passou por Filipe, levando na bandeja um balde de champanhe no gelo a um homem de quimono, que puxava a alavanca de uma máquina caça-níqueis. As únicas mulheres eram funcionárias de minissaias, cabelos coloridos e orelhinhas de pelúcia. Os olhares pesavam sobre Osasco e Filipe, únicos não asiáticos à vista, à exceção dos músicos que tocavam cool jazz no palco circular.

Filipe e Osasco atravessaram o corredor de slot machines até os fundos, onde foram barrados por um segurança de óculos tropofocais e tiara, que guardava uma área de luz baixa, tomada por densa cortina de fumaça de charutos. Ali, só se jogava conversa fora.

— あなただけが入ることができます！— grasnou o segurança, um armário japonês.

— Não entendi porra nenhuma — disse Filipe.

— あなただけ、ばか！

— Peraí — disse Filipe, fazendo um gesto brusco que levou o armário a imobilizá-lo.

A interface do wirehead de Filipe estava ajustada para o mandarim. Quando a tiara tradutora identificava outro idioma, uma janela se abria na visão do usuário, perguntando se queria alterar o idioma. Filipe, que tinha ojeriza a wireheads, ficou nervoso com a superposição. Não sabia o que estava escrito nem qual dos dois comandos sincronizava com o japonês.

— Calma — pediu Osasco, em português, com a tiara calibrada. O segurança nem tomou ciência da tradução simultânea. — Aperta na opção da esquerda. A opção cancelar fica à direita.

— No oriente é ao contrário — disse Filipe, sua voz sufocada, mal saindo. — Pede pra ele me soltar!

— Viemos ver o sr. Tanaka — disse Osasco, tocando o ombro do armário. — O gokudô.

O segurança amansou. Filipe moveu o indicador, clicando na opção da direita.

— Quer morrer, idiota? — perguntou o segurança, em japonês. Filipe o escutou em português.

— Foi mal. É essa porcaria de tiara. Os menus deviam vir no idioma nativo.

— Siga-me — disse o japonês, com gravidade, tirando o cordão do pedestal que bloqueava a passagem.

O segurança barrou Osasco, que recuou, erguendo as mãos e dizendo para não encostar.

Filipe foi conduzido a uma salinha conjugada, onde ficava o escritório do sr. Tanaka, o gokudô, um dos líderes da Yakuza Brasil. Por exigência dele, Filipe teve que ir pessoalmente ao cassino. As organizações criminosas não confiavam em redes criptografadas. Cultivavam o velho costume de fechar acordos no tête-à-tête.

A única luz do recinto vinha da rua, por entre as frestas da persiana de bambu. Em cima da mesa, havia um bonsai de pinheiro-negro, um tablet, um fuzil e uma caixinha de lámen soltando vapor.

Filipe estendeu as mãos para Tanaka. Não havia nenhum dispositivo de tradução simultânea em sua cabeça.

Tanaka terminou a refeição e se levantou. Filipe o seguiu por um corredor estreito, repleto de portas através das quais ouvia ciciares de transas. O gokudô entrou numa das salas e começou a se despir, revelando nas costas um tigre que se estendia até as nádegas flácidas. Filipe engoliu em seco e imitou o gesto. O japonês puxou o pegador da porta, e uma onda de vapor se contorceu diante dele.

Tanaka entrou na sauna e ocupou seu lugar na bancada de azulejo. Filipe sentou-se a dois braços de distância.

— Vai me filmar com essa bosta aí, haole? — perguntou o sr. Tanaka.

Filipe ficava com cara de tacho toda vez que repetiam a frase do famigerado vídeo, mas ouvir isso da boca de um gângster durão o pegou de jeito. Não conseguiu controlar a risada. Tanaka tornou a emudecer, e Filipe ficou receoso de que sua reação pudesse ter sido desrespeitosa. A neblina de vapor o impedia de observar a expressão facial do gokudô, que mantinha a postura ereta.

Filipe tornou a ficar sério.

— O senhor fala bem português.

— Je parle toutes les langues — disse Tanaka, separando tufos de cabelo para exibir um soft implantado no couro cabeludo. Por um instante, o pequeno display exibiu as letras *FR*.

— Então vou tirar essa porcaria — disse Filipe, esboçando mexer na tiara, mas Tanaka apertou seu braço, demonstrando bons reflexos para a idade.

O medo foi se evaporando conforme seus vasos sanguíneos se dilatavam. Uma moleza subjugou seus músculos. Era como se aquela névoa suave o sedasse. Guarnecido pela nebulosidade do ambiente, desencanou da nudez e foi direto ao ponto.

— Soube que vocês vendiam muambas para a Sygma — disse Filipe. — Pensei que negociar com uma empresa dessa laia ferisse o código de honra da Yakuza.

— Ordens do Yamaguchi-gumi. No nosso ramo, é preciso fazer alianças.

— Como começou essa parceria?

— Aldoriko tinha interesse em nossa expertise em biomecânica. Nossos técnicos costumavam viajar até a Ilha das Cobras para ensinar técnicas de implante de soquetes musculares, plugs de barrels, extensores corporais, melhorias cibernéticas em geral. O Japão é referência nessa área.

— O que acontece na ilha, afinal?

— Por fora, é só um laboratório abandonado. Por dentro, um projeto secreto da Sygma e da família Salvani. Contrabandeiam nanotecnologia do Japão para implantar nos testas de ferro dos empreendedores. O governo do Brasil também tem utilizado essa técnica para recuperar soldados mutilados na guerra. Tudo foi aprendido na Ilha das Cobras.

— A parceria estava dando certo. O que deflagrou o conflito entre vocês?

— Aldoriko usou a Yakuza e nos mandou catar coquinhos. Fez acordo com a Tríade Chinesa, que oferece tecnologia mais barata, mas inferior à nossa. A reputação da Yakuza foi arranhada pelos jornais controlados por Aldoriko. A imprensa atribui crimes da Tríade à Yakuza. Nesta cidade, qualquer pessoa com dobras nas pálpebras é japonesa. Muita gente nem sabe da existência da Tríade. Eles têm recrutado nisseis que não se identificam com a cultura do Japão. A Liberdade está se tornando um bairro chino.

— Parece que a Sygma está tentando minar a influência da Yakuza — observou Filipe. — O senhor já esteve na ilha?

— Hai!

— É possível que ativistas antineurolink sejam levados para lá?

— Não sei. A ilha é da Sygma. Eles é quem sabem.

— Ontem li o código de ética da Yakuza. Devo ter entendido errado a parte que dizia que vocês ajudavam pessoas às margens.

— Quando você visita a casa de alguém, chega entrando no quarto do anfitrião? — perguntou Tanaka, irritado.

O corpo de Filipe estava quente. O suor escorria frio.

— Se eu suspeitasse que estivessem usando civis inocentes como cobaias, acho que sim.

— Depois que eles ganharam autonomia para realizar os experimentos, isso ficou fora da nossa alçada.

— Estamos comprometidos em combater a influência da Sygma. Preciso saber se vocês estão dispostos a nos ajudar. Derrubar a Sygma é efeito dominó. Todo mundo cai, inclusive a Tríade.

— Do que vocês precisam?

— De informações sobre a segurança e a infraestrutura desse centro de operações. E de uma mão pra entrar na ilha.

As sobrancelhas de Tanaka se arquearam e seu olhar ficou distante. Após um momento de introspecção, quebrou o silêncio.

— Tudo bem. Estamos dentro. Vamos fazer um assalto anfíbio.

Envolvidos pelo vapor, Filipe e Tanaka engendraram a parceria entre a Zona Livre e a Yakuza. Os detalhes da colaboração ainda precisavam ser acertados, mas Filipe estava ansioso para sair daquele lugar. Sentiu-se banzo. Sua pressão estava baixa. Era como se sua energia se dissipasse com a bruma, como se, dentro do crânio, o cérebro tivesse se dissolvido numa pequena porção de gosma.

Crianças empinavam pipas rente aos trilhos do trem de carga que cortava a Favela da Prainha. Junto ao cais do porto, resíduos plásticos e dejetos humanos eram despejados por canos de PVC, flutuando nas águas do Oceano Atlântico. A maré estava alta, e a comunidade costeira se via assolada por coliformes fecais nas beiras de suas casas.

Filipe atravessou o trapiche de madeira e entrou no barraco. Através do fosso com acesso ao mar, embarcou no submarino. O nível elevado da água facilitou a imersão do subaquático, que deixou a vila de palafitas com destino a Itanhaém.

Osasco conduziu Filipe até a sala de máquinas, elucidando a função de cada componente.

— É sério que cê desertou da Marinha? — perguntou Filipe.

— Desertor, eu? Nada! Quem foi que te contou essa bobagem? Fui expulso, com muito orgulho!

Osasco perambulava do lastro ao convés. Filipe permaneceu no compartimento de tripulação, imerso em pensamentos sobre a possibilidade de encontrar Boca com vida.

O anfíbio escolhido pelo sr. Tanaka chamava-se Kaji, um rapaz habilidoso com submarinos de pequeno porte. Embora não tivesse pisado na Ilha das Cobras, conhecia a rota marítima como poucos, tendo levado até lá, muitas vezes, recauchutadores, neurocirurgiões diplomados e outros cientistas doidos.

Kaji costurou caminho por baixo dos cargueiros, deixando um rastro de bolhas de ar entre os cardumes. Parou e espiou pelo periscópio.

— A barra tá limpa — disse.

Era meio da tarde quando Kaji estacionou na margem. Filipe e Osasco vestiam macacões verdes e emborrachados, e carregavam mochilas nas costas. A escotilha foi aberta e os dois desembarcaram numa área pedregosa, coberta por limo. As águas estavam agitadas. O cheiro da maresia penetrava pelos respiradores.

Na parte elevada da ilha, próxima a um perau, Filipe avistou uma construção circular, a lá Niemeyer. Fez sinal de afirmativo a Osasco, e se enveredaram pela vegetação. Ambos usavam lentes de contato intraoculares para captura de imagens, assegurando o registro de tudo o que passasse por suas vistas.

Com cerca de um quilômetro e meio de extensão, a Ilha das Cobras era considerada um dos lugares mais perigosos do mundo. Tinha uma das maiores concentrações de cobras por metro quadrado no planeta. A jararaca-ilhoa, que monopolizava a ilha, era uma cobra rápida, elástica e de botes certeiros, boa em ataques de média distância. Seu veneno era cinquenta vezes mais potente que o de uma jararaca continental. Lendas antigas diziam que piratas haviam colocado as cobras ali para defender um importante tesouro. Nenhum lugar era tão propício para manter uma base secreta.

Cruzar a ilha por via terrestre era uma loucura. Ninguém faria algo assim sem o devido preparo. Os donos da ilha costumavam chegar por via aérea, pousando no aeroporto próximo à construção circular. Nem biólogos experientes ousavam adentrar a mata sem a presença de um médico, mas havia louco para tudo. A única forma de chegar ao topo da ilha era na miúda, passando por entre as cobras.

Com galhos compridos improvisados como bastões de caminhada, Filipe e Osasco mantinham os répteis distantes. Jararacas se emaranhavam numa orgia de acasalamento. Os dois desviaram e toparam com dezenas delas.

Chegaram ao pé do farol, onde ervas daninhas se arranjavam nas rachaduras do solo, e as jararacas-ilhoas podiam ser contadas a dedos. O único faroleiro, um guarda da marina, era responsável pela vigilância da ilha inteira. Segundo Tanaka, ele era inadvertidamente vulnerável. Acostumado ao marasmo, só prestava atenção ao entorno se algum objeto voador se aproximasse. Era só chegar junto.

As escadas do farol serpenteavam até o mirante. O guarda estava dando sopa. Filipe e Osasco sacaram as armas e o renderam.

— Sou pai de família — disse o faroleiro.

Osasco deu-lhe uma coronhada e o amarrou num balaústre. Desceram do farol e seguiram os cabos que atravessavam a ilha.

A mata se adensou sobre eles, e as cobras se camuflavam no chão e no topo das árvores. Osasco, dominado por certa fobia, caminhava sem cautela. Pisava nas cobras que, alvoroçadas, investiam contra sua roupa de proteção. Sentiu o ar entrando pela calça — a proteção havia furado na altura da coxa. Se o bicho o picasse, a morte era certa.

Transpuseram a trilha que levava à base secreta e chegaram a um trecho que as cobras pareciam evitar. Só uma ou outra desavisada cruzava o caminho. No meio da porta da base, havia uma fita de linhas diagonais em amarelo e preto. Filipe circundou a construção, fazendo uma rápida vistoria do perímetro. Passou pelo aeroponto vazio na parte de trás e retornou à entrada principal. Tirou uma bomba de fabricação caseira da mochila. Osasco deu as instruções de onde e como plantá-la. Afastaram-se uns cinquenta metros. Trocaram olhares e assentiram. Filipe ativou o carretel detonador e enfiou protetores auriculares nos ouvidos. Um estouro reverberou pela ilha, e o chão tremeu sob seus pés.

Rastejaram pelo buraco recém-aberto na parte inferior do portão, emergindo entre a fumaça. Encontraram-se num espaço cheio de máquinas desligadas. Puxaram suas armas.

Abaixo do mezanino, a escada dava numa cripta encravada nas entranhas da ilha. Duas calhas com diodos de luz branca atravessavam um corredor de teto arredondado. Entre as diversas portas, uma com tranca magnética cheia de botões pareceu suspeita.

Osasco atirou na fechadura. A porta se abriu e ele permaneceu imóvel, em choque. Filipe fez a frente. A sala estava repleta de jaulas numeradas a perder de vista. Estimando baixo, havia uma centena delas, algumas vazias, a maioria ocupada. O som do aço e o ruído das criaturas confinadas retumbavam na pedra. Ao olhar mais de perto, Filipe percebeu que não eram animais comuns. Eram experimentos de vivissecção humana.

Um rapaz lançou gritos desesperados em direção a Filipe. Seu pescoço era um tubo sanfonado e fios saíam do buraco onde um dia estiveram seus olhos. Sua voz se destacava na celeuma, e era difícil de acreditar que uma coisa tão grotesca pudesse estar viva.

Na esperança de acalmar o rapaz, Filipe guardou a arma.

— Eles não são como os outros! Aleluia, nós seremos salvos!

— Shhhh — fez Filipe.

Osasco também baixou a arma e ficou parado diante de uma criatura que tinha um orifício de trepanação na cabeça cheia de veias.

Filipe examinava as gaiolas e deparava-se com criaturas bisonhas. Não identificou Boca.

— Se ciscar, vai levar — disse um homem, pressionando o cano de um fuzil contra a nuca de Osasco.

Filipe virou-se. Um segundo homem estava ali, apontando uma arma para ele.

•••

Filipe fora atado a uma cadeira, com os pés descalços plantados no piso úmido. Fios ligavam seu corpo a uma tomada abarrotada de tês faiscantes, encaixados como blocos de montar. A sala era azul e fria. Água escorria das paredes. Uma mulher trajando um avental branco examinava uma tela que exibia seus sinais vitais.

Zaraba encarava Filipe com olhos de cocaína. Tinha a cabeça raspada e uma tatuagem celta no pescoço. Usava um casaco com patch da bandeira de São Paulo e um cinto com soco inglês de fivela.

— Eis que o rapaz que fugiu da Embragel acabou caindo no nosso colo — disse Zaraba. — Sabia que tem até recompensa pelo seu paradeiro?

Ao terminar de apertar as cintas dos braços de Osasco, um homem parou debaixo de uma calha de lâmpadas tubulares. Filipe o reconheceu.

— É o lutador de sumô de rinha! Tetsuo — disse Filipe.

— Ex-lutador — corrigiu Zaraba.

Tetsuo estava com a face desfigurada do lado esquerdo, revelando uma chapa metálica por baixo da pele carcomida. Seus olhos irradiavam luz. Suas pernas eram de ferro, e mesmo sustentando todo aquele peso, não rangiam como o braço protético de Osasco.

— Salvamos ele das garras da Yakuza — disse Zaraba. — Logo vamos consertar sua cara com cartilagem de tubarão. — Tetsuo assentiu. — Amputaram as pernas do pobre coitado, vê se pode.

— O que vocês fizeram com aquelas pessoas? — perguntou Filipe.

— Aquelas pessoas? Você se refere aos nossos voluntários?

Zaraba deu um soco na cara de Filipe.

— Isso é pra você entender. Nós que fazemos as perguntas por aqui.

O sangue escorreu para os olhos, e Filipe temeu que a captura das lentes fosse inviabilizada.

Zaraba abriu os braços, como que dizendo que *é a vida*. Filipe cuspiu sangue em seu coturno preto com cadarços brancos.

— Perdeu a noção, aloprado? Tetsuo, chave Phillips.

Tetsuo deu a volta em Filipe, dando um abraço de urso por trás.

— Não, Tetsuo. É chave Phillips. Phi-lli-ps — reforçou Zaraba.

Tetsuo soltou Filipe, revirou uma caixa e encontrou a chave. Forçou-a na unha do dedão do pé de Filipe, que urrou de dor.

— Já sabemos tudo sobre a Zona Livre. Aquele amigo seu, o Bola. Não, Boca. Contou tudinho. Pesei na dele — disse Zaraba.

— Boca não faria isso... Ele é leal à Zona Livre.

— Conhece os manuais Kubark? São uma máquina de caguetagem.

Uma jararaca-ilhoa passou entre as pernas de Tetsuo, que a decepou com a sola de seu pé de ferro. A cobra, degolada, se contorcia.

— Ninguém aqui tá pra brincadeira, moleque. Graças ao seu grupinho, as ações da Sygma despencaram na Bovespa. É bom contar de uma vez onde fica o Q.G. da Zona Livre.

— Ué. Achei que o Boca tivesse contado.

— Cala a boca — cochichou Osasco, amarrado na cadeira ao lado.

— É bom parar com essa postura insolente, seu conspiracionista de merda!

— Falou o jagunço da Sygma — retrucou Filipe.

Zaraba tornou a agredi-lo. Um bipe soou.

— Que merda é essa? — perguntou o algoz, voltando-se à médica ao computador.

— Deu flatline, porra. Desse jeito, você vai inutilizar o garoto.

Filipe estava desmaiado. Zaraba e Tetsuo o desataram. Osasco acompanhava com prudência, esperando sua vez de se ferrar.

...

Quando sua visão voltou a focar, Filipe pensou na teoria dos seis graus de separação, segundo a qual, todo mundo conhecia alguém, que conhecia alguém, que conhecia alguém que podia te levar a qualquer pessoa do mundo. Ele não imaginou que um dia estaria diante de Aldrick, que com um ar despojado, vestia uma camiseta escrito *I'M CEO, BITCH*.

— Vim trocar umas ideias com você — disse Aldrick. — Tem noção do tamanho do privilégio? Muita gente já foi longe para conseguir alguns minutinhos da minha atenção, mas você se superou. Parabéns!

Filipe quis recorrer ao seu repertório de palavras chulas, mas a voz entalou na garganta.

— Não precisa daquelas lentes. Não vou te fazer mal — disse Aldrick, abrindo o braço em direção a Zaraba e Tetsuo.

— Você é um sociopata — disse Filipe. — Um desperdício de moléculas.

Aldrick pôs a mão no peito, como se se sentisse lisonjeado.

— Você é inteligente para reduzir as coisas a um prisma tão limitador. Cai na real, Filipe. São pessoas como eu que tornam possível a evolução da espécie. Estamos driblando as limitações humanas. Você me pinta como um cara mau, mas a verdade é que, assim como você, estou defendendo aquilo em que acredito. Somos ambos idealistas.

— Não somos comparáveis.

— Claro que somos. Nós dois queremos mudar o Brasil. Cada um tem uma forma de lutar por um mundo melhor. Mas te digo uma coisa: a resistência, no máximo, é uma nota de rodapé. Estou do lado do progresso. Os livros de história vão dedicar capítulos inteiros a mim. Veja pelo que tem clamado a massa: intervenção mental. A liberdade, que vocês tanto pregam, é algo que ninguém deseja. As pessoas saem às ruas porque não sabem decidir por si. Só sabem que precisam de nós. É só olhar o sucesso da campanha "Minha mente é um livro aberto". Ninguém é totalmente livre. Nem eu.

Com um gesto com o dedo, Aldrick atendeu a uma chamada de alguém que o telepensava. Uma luzinha verde acendeu no neurolink preto, conectado à face direita. Alguns instantes depois, repetiu o gesto, encerrando a ligação sem proferir uma única palavra. A luzinha verde se apagou.

— Você não faz ideia do êxtase que é uma conversa por telepensamento, meu caro. Gostaria que você tivesse essa experiência. Pena que estou com a agenda cheia hoje, senão te mostrava como é. Foi um prazer te conhecer, viu? De verdade. Sinta-se em casa.

Depois, dirigindo-se a Zaraba, Aldrick disse:

— Pode pegar pesado com o outro lá. Com este, vamos tentar penetração mental.

— Ele é zé droguinha — disse Zaraba, sorrindo —, capaz que goste.

Aldrick voltou-se para a médica e ordenou:

— Aplica o psicoplasma e bota ele no console. Agora.

# 4.

Filipe saiu da cabine e se viu rodeado de cápsulas numeradas, cheias de um líquido borbulhante e rosado. Vestiu a roupa pendurada do lado de fora. Um cabo de força da grossura de uma mangueira estava plugado à sua nuca, mas não estava conectado a nada. Puxou-o da pele e um líquido viscoso escorreu pelo dorso em remanso.

No átrio, aproximou-se de um ser de aspecto indefeso, de pele meio transparente, olhos ictéricos e tronco enfaixado. A deformidade em seu rosto transmitia um desaire, bancado por um sorriso persistente e maníaco. Sem as pernas, se locomovia apoiado nos braços de metal.

— O que tá pegando? — perguntou Filipe.

— Eles saquearam tudo, até as cobras. Não sobrou nada — disse a sucata humana.

— Quem é você?

— Sou o Experimento 32.

Filipe seguiu o Experimento 32, que não dizia coisa com coisa. Passaram pelo buraco na porta principal. O terreno estava lamacento. Uma constelação de cromo barato ameaçava soltar-se do céu.

— Daqui eu não passo — disse o Experimento 32. — É perigoso.

Filipe avançava pisando o barro com os pés descalços. Ao longe, viu uma fogueira acesa no centro de uma cabana. Entrou. Vestindo uma túnica branca, uma figura oculta nas sombras. O cheiro de sua pele era tão pujante, que misturava-se ao da madeira queimada. Era Parça, murmurando um lamento lúgubre e indistinto que, pouco a pouco, num crescendo, se fez nítido.

*Perecer é resistir.*

Filipe sentiu as ondas sonoras batendo no peito. A voz parecia emanar da própria terra, reverberando na cabana como um eco de túnel.

*Perecer é resistir.*

A sombra de Parça bruxuleava nas paredes. A voz parecia vir de dentro de Filipe.

— Perecer é resistir — disse Filipe, surpreso com suas próprias palavras, como se a frase tivesse escapado de seus lábios. A fala não concatenava com o que havia pensado.

Parça soprou a fumaça em direção a Filipe, que sentiu a barriga pinicar e a coçou. Seus dedos ficaram molhados. Com os olhos ardentes, Filipe observou a túnica tornar-se carmesim. Parça se metamorfoseava. A silhueta de Aldrick emergiu da transmutação.

— Como você vai limpar essa sujeira? — perguntou Aldrick.

As tripas de Filipe jaziam espalhadas pela cabana. Um corte largo o atravessava. Seu corpo estava oco como um fruto esvaziado de sua polpa. Um dos vermes que habitavam seu estômago cresceu de forma assustadora, transformando-se em uma descomunal jararaca-ilhoa, que o engoliu por inteiro.

Com um pano úmido, Trixie afagava sua testa.

— Foi só um pesadelo — explicou Trixie.

— Eles me drogaram — disse Filipe, deitado num colchão.

Trixie lhe deu um copo d'água e um punhado de pílulas brancas.

— Vai te deixar melhor.

— Engulo tudo?

Filipe enfiou as pílulas na boca. Trixie sorriu de maneira fraudulenta. Filipe sentiu uma ânsia e escarrou os comprimidos. Trixie se esquivou da golfada. Filipe passou a língua na gengiva. As pílulas brancas no chão se confundiam aos seus dentes.

O zinco do teto se consumiu como papel em chamas. Tetsuo saltou da abertura. Filipe incorporou Bobó e rolou para o lado. As paredes do galpão cederam e Filipe foi engolfado por uma fenda. Os efeitos do composto psicotrópico e das descargas elétricas neuroaplicadas embaralhavam os códigos de seu hipocampo. A sobrecarga excedia a capacidade de recepção de seu cérebro. Tudo se fez um abismo interminável enquanto fragmentos de metal necrosado desabavam ao redor.

— Não preciso de um corpo para viver para sempre. Sitiando consciências, transcendo o tempo. Sou onipresente. Estou vivo em cada neurolink. Posso te apresentar a Deus.

Muito prazer — disse Aldrick, seu rosto se projetando de um buraco que sugava toda a matéria.

Filipe, em queda livre, foi abraçado por uma escuridão perpétua.

*Nada disso é real*, pensou.

— Você é o seu cérebro — disse Aldrick. — E agora estou dentro de você. Perplexo com tantas síndromes. Com o abstrato de seu sistema límbico. Você não consegue extrapolar as barreiras de suas complexidades. Eu, sim. Posso induzir estímulos. Posso desbloquear o que está escondido nos porões de sua memória. Um dia pode ser o tempo de tantas vidas. O tempo é energia renovável. Posso te fazer cair pela eternidade. Toda simulação pode ser real. Estou vivo em seus sonhos. E seus sonhos não podem prescindir de sentimentos. Medo. Ansiedade. Ódio. Fúria. A verdadeira força. O sofrimento real. A dor real. Não, não diga nada. Seus códigos são como estradas bem-sinalizadas. Estou em você.

De nada adiantava fechar os olhos. A presença de Aldrick persistia, insuportável e avassaladora. Preso em sua própria mente, Filipe perdia a noção do tempo. Sua queda psíquica era narrada por uma voz hipnótica, que falava ad nauseam. Cada frase soava como um golpe em sua consciência.

A espiral de loucura parecia inescapável até que, súbito, a imagem começou a sofrer interferências. As pupilas de Aldrick giraram nas órbitas, demonstrando sinais de instabilidade. A verborragia foi se tornando espaçada, até que silenciou. A boca expeliu uma espuma efervescente que custou a se desfazer.

## 5.

Quando a vinheta do boletim extraordinário da Rede Pindorama ecoou pelas salas de estar, a população ajeitou a bunda no sofá para receber a paulada com maior conforto.

*Nossa equipe de reportagem acaba de receber uma série de vídeos do grupo de piratas informáticos da Zona Livre, é isso mesmo...?* [murmura] [instruções no ponto] *Que tem uma base na Vila Arcanjo. Os vídeos mostram cenas de tortura e vivissecção humana no litoral paulista* [instruções no ponto]. *Em respeito às famílias, a emissora não vai exibir essas imagens, que já circulam pela web. O escândalo atinge órgãos estatais e corporações privadas, em especial, a Sygma e o Grupo Salvani, proprietário da Ilha da Queimada Grande...* [instruções no ponto] *chamada pelos internautas de "A Ilha do Dr. Moreau brasileira"* [risos]. *Manifestações foram registradas em diversas capitais do país.*

Os seguranças da Sygma assistiam impotentes enquanto os manifestantes atiravam coquetéis molotov na sede da empresa. O ar ficou denso com a fumaça dos artefatos explosivos. A situação tinha saído de controle, e a polícia tentava dispersar os rebeldes com gás lacrimogêneo e balas de borracha. Os pequenos comércios fecharam as portas mais cedo.

Dezenas de milhares de partícipes erguiam faixas com frases e bandeiras pretas com caveiras, celebrando as ações da Zona Livre. Bonecos de Aldrick eram inflados e estourados. Em meio ao fervor da multidão, tinha até uma fogueira de neurolinks, e das sacadas dos prédios, as namoradeiras filmavam tudo e postavam na Bolha. Até ex-adeptos do movimento "Minha mente é um livro aberto" aderiram à marcha na Av. Paulista, como se fosse uma espécie de micareta bélica. As ruas fervilhavam de pessoas inflamadas por desejos subversivos.

O pastor Eliseu Delgado, influente figura no cenário religioso, disse que o dia do juízo final estava próximo. Classificou os episódios como um mal-estar.

Diante da escalada da crise, o governo federal decretou estado de sítio e autorizou o uso de força letal.

•••

Filipe recostou-se no leito envolto por cortinas de plástico. Vestia um pijama cirúrgico ridículo. A sala rescendia a água sanitária. A última coisa de que se lembrava, era de estar na Ilha das Cobras.

Fragmentos de eventos mais recentes foram voltando à memória. Recordou-se de ser arrastado para uma câmara, quase inconsciente, sem oferecer resistência. Ficou arrepiado ao lembrar-se do sorriso sádico de Zaraba. Ele que atara seu corpo ao eixo central daquela sofisticada máquina de horror elétrico. Depois que o choque atravessou seu cérebro, o subconsciente fez o resto do trabalho, preenchendo as lacunas do pesadelo induzido.

Um aerocarro em alta velocidade lançou uma lufada de ar no vitrô. Filipe voltou-se para a moldura da janela. Troncos de arranha-céus conjugados se erguiam até onde os olhos podiam alcançar. Estava de volta à selva de concreto, livre da prisão mental. Ao seu redor, apenas o vazio para acolher as inúmeras dúvidas que lhe ocorriam.

Viu um hoverboard escorado na parede. Puxou o cateter do nariz e soltou um som gutural. Uma pungência irradiou pela face, dor aguda e hedionda. Tentou firmar os pés no chão, mas as pernas bambearam e ele desabou, levando consigo a cortina de plástico. Sem firmeza, apoiou-se na base metálica da maca e tornou a cair.

Filipe sentiu na pele o toque frio da prótese cromada de Osasco, que surgiu à porta e ajudou-o a se sentar numa poltrona esgualepada.

— Como tá se sentindo? — perguntou Osasco. Tinha um curativo no supercílio, o olho direito inchado e escoriações pelo corpo. Uma parte de seu cabelo estava amassada por uma tiara tradutora.

— Zoado — respondeu Filipe. — Mas é um alívio te ver.

— Graças a Ogum, meu pai! Se você não acordasse logo, a gente ia se ferrar muito.

— Onde estamos?

— Em Pinheiros, num prédio comercial da Yakuza. Só sobrou a gente.

— Como assim? O que aconteceu?

— Você ficou por dias num estado de hibernação, com os sinais vitais estáveis e a mente apagada. Deve ter sido a sobrecarga mental, um mecanismo de defesa, sei lá. Cheguei a pensar que fosse coma. A dra. Sueli disse que não, mas não sabia mais o que fazer, com essa estrutura precária. Ela esteve aqui ontem.

— Por que não me levaram a um hospital?

— Porque a polícia está revirando a cidade inteira atrás de nós.

Osasco perambulava pela sala, tirando o celular do bolso a todo instante. Filipe o acompanhava com os olhos.

— Cê tá me deixando nervoso. Dá pra me dizer o que tá rolando?

— Eles estão com um grupo enorme na Bolha. É questão de tempo até que cheguem até nós.

— Eles quem, criatura?

— Esse pessoal do "Minha mente é um livro aberto". Depois dos vazamentos, o movimento ficou enfraquecido, mas o escândalo insuflou os ânimos dos remanescentes radicais. Parecem dispostos à guerra.

Filipe esboçou se levantar. Osasco o impediu.

— Segura aí. Já volto.

Osasco sumiu no corredor e retornou segurando uma ampola adesivada com uma fita crepe, cheia de garranchos escritos à mão. Sorveu o conteúdo e deu petelecos na seringa. Filipe teve um déjà-vu.

— O que é isso?

— Trilocodrina com sulfato de efedrina. Você vai precisar.

Osasco amarrou o braço de Filipe com um elástico e injetou o medicamento. Filipe sentiu um gosto amargo de remédio subir pela boca.

— Daqui a uns cinco minutos, você já vai sentir os músculos mais fortes. A ação é bem rápida.

— Enquanto isso, dá pra dizer como vim parar aqui?

— Longa história, não temos... tá, vou tentar resumir.

Osasco contou que, depois que eles foram separados, aquele supremacista branco chamado Zaraba o levou para o piano. Àquela altura, graças às imagens captadas pelas lentes intraoculares, Trixie e Parça já sabiam que eles tinham sido capturados e orquestravam o resgate. Sabiam também que a Sygma queria ambos vivos, pelo menos até descobrirem a localização da base da Zona Livre e a identidade do líder.

Parça tentou convencer os japoneses a se unirem à causa uma vez mais, oferecendo o financiamento da operação e um generoso bônus aos envolvidos. O sr. Tanaka, a princípio, rejeitou os valores propostos, mesmo depois que Parça aumentou a oferta. Não via vantagem em uma ação que poderia colocar seus comandados em risco sem necessidade.

Trixie e Parça estavam articulando um plano B, mas o sr. Tanaka mudou de ideia e deu ao plano uma nova chance de sucesso. Acabou reconhecendo na empreitada uma oportunidade de reabilitar a imagem da Yakuza — ao menos aos olhos das alianças — e de resgatar os princípios originais da organização, de ajudar os fracos e oprimidos.

Para a tarefa, Tanaka designou sua subdivisão de black trunks e mobilizou seus contatos no litoral sul. Somou forças com o PCC e as máfias italianas do Bixiga, formando uma poderosa coalizão. Kaji levou essa galera até a Ilha das Cobras. O compartimento de tripulação do submarino estava cheio de malucos armados até os dentes e cheios de disposição. Os black trunks saíram do submarino de boards, utilizando cordas para rebocar os trutas até a entrada da masmorra. Os lacaios da Sygma se borraram de medo quando a linha de frente das principais facções de São Paulo invadiu a base. Não deu nem pro cheiro pros caras. Foi um arregaço.

Osasco adotou um tom sombrio ao lembrar que Filipe fora encontrado numa cabine de metal enferrujado, com o corpo cheio de fios e trodos de estimulação sensorial, a boca escancarada. Seus olhos, que costumavam ser brilhantes, estavam secos e estáticos. À primeira vista, Osasco pensou que ele estivesse morto.

Com Kaji ao leme, o submarino aportou na vila de palafitas. Veículos menores aguardavam os destacamentos nas imediações, contudo, a polícia local encurralou o bonde na Favela da Prainha, abrindo fogo contra os suspeitos. Houve intensa troca de tiros. A maioria dos mercenários conseguiu retornar à cidade usando aerocarros. Osasco e Filipe foram postos num caminhão de mudanças que, de fato, estava com a caçamba cheia de móveis e eletrodomésticos. Voltaram pela

Rodovia dos Imigrantes e chegaram a passar por uma blitz da PRF, mas não foram parados. A sorte estava do lado deles.

Osasco despejou aquele turbilhão de detalhes feito uma metralhadora, e Filipe teve que depreender enorme esforço na tentativa de assimilar o que havia lhe acontecido.

— E os experimentos humanos? — perguntou.

— Não duvido que estejam circulando pelas ruas de São Paulo.

O som de um velocicóptero pairando acima de suas cabeças deixou Osasco alarmado. O celular vibrou em seu bolso. A mensagem de Trixie dizia *saiam daí agora!*

— Se veste, rápido. Sua roupa tá ali — disse Osasco, apontando o saco de ginástica pendurado numa cadeira.

Filipe se levantou. O coração acelerado golpeava seu peito. A trilocodrina tinha batido.

Pegou o hoverboard e o virou do avesso, sondando a textura dos amortecedores.

— Eles tão subindo! — gritou Osasco. — Vamos!

— Preciso trocar de roupa.

— Precisamos dar o fora agora!

Filipe pegou board, capacete e seguiu Osasco. Subiram a rota de fuga e atravessaram a casa de máquinas do elevador. Subiram a escada que dava acesso ao terraço.

O céu no horizonte tinha cor de ferrugem. As nuvens amarelas pareciam algodões que estancaram abscessos. O ar estava cheio de fuligem.

— Nos vemos no campinho da Vila Arcanjo — disse Osasco, saltando e abrindo a mochila.

Filipe nem conseguiu dizer *se cuida*. O paraquedas estava no ar.

Coturnos pisando na rampa de alumínio eram o sinal de que não havia tempo para mais nada. Filipe deu a partida no board, botou o capacete e dropou da cobertura, voando de roupa hospitalar em meio à pirotecnia.

Tanques e blindados obstruíam muitas das principais vias da cidade. O Exército estava cooperando com as forças de segurança estaduais. Medida controversa, o uso emergencial dos pelotões de bioimplantados estava autorizado, e a polícia mobilizava todo seu poderio para conter a revolta popular. Um borgue com braço de draga atirou à queima-roupa num manifestante e jogou o presunto no Rio Pinheiros. Os borgues eram máquinas de matar. A violência era desmedida.

Tiros vindos de uma barca aérea da Rota passaram zunindo por Filipe, que se esquivou com um roll vertical, se fingindo de abatido. Arremeteu antes de tocar o solo. A manobra o deixou tonto. Estava a trinta metros de altura quando um velocicóptero se acercou. Era impossível se esconder com uniforme hospitalar. Ele passou por cima de um guindaste torre e espiralou entre as vigas de aço do esqueleto do edifício. O velocicóptero acertou tiros no andaime e derrubou meia dúzia de pedreiros.

Filipe se distraiu com duas integrantes da gangue das vulvadélicas, que pichavam o topo de um prédio. Essa desatenção quase lhe custou a vida. Em alta velocidade, equacionou uma possível colisão, pisou no pedal de frenagem e enviesou o corpo. Mesmo assim, o impacto foi violento. Se o sistema de amortecimento não estivesse calibrado, o shape teria se partido em pedaços. Ele deu um ride nas curvas do Copan, trincando as janelas de algumas unidades, e os estilhaços perfuravam suas pernas, mas a quantidade de adrenalina circulando era tão grande, e o sistema nervoso o bombardeava com tantos estímulos simultâneos, que nem chegou a sentir dor.

Filipe se infiltrou entre outros boarders e, perto da Vila Arcanjo, reduziu a altitude. Um borgue inesperado entrou em cena e atirou nele com uma arma bioimplantada no peito. Os transeuntes se jogaram no chão.

Filipe deu um 360, triscando o teto de um carro-forte. Escapou por um triz.

O borgue, que tinha metade de um capacete de metal grudado no rosto em carne viva, foi destruído. Não fosse pela coalizão das facções, que tinha formado uma barricada na entrada da Vila Arcanjo, teria acontecido uma chacina na favela.

Filipe subiu a vila e chegou ao campinho da Vila Arcanjo, onde um aerocarro aguardava. Ele embarcou, sentando-se entre Trixie e Osasco. Dra. Sueli estava no banco do passageiro. O chofer levantou voo depressa, conduzindo os integrantes da Zona Livre a um lugar seguro.

# 6.

A relva se estendia até o arrebol de fim de tarde. Um cabeludo estava parado com os braços abertos, como se abraçasse o próprio universo. Vestindo uma bermuda florida e uma bandana amarrada tipo bracelete, irradiava uma aura de tranquilidade. À medida que Filipe, Trixie, Osasco e dra. Sueli se aproximavam, foi cumprimentando um a um de forma calorosa.

Uma estátua Daibutsu em pedra parecia vigiar o deslumbrante jardim, cercado de animais de topiaria.

Filipe imaginava que Parça vivesse num abrigo subterrâneo, não num sítio pitoresco.

— Entrem — disse Parça. — Fiquem à vontade.

Adentrando a moradia, o primeiro ambiente que se apresentou a eles era uma aconchegante sala de estar. A tela sobre a lareira exibia uma adorável família de porcos.

— Estava de olho nos meus bichinhos. Acordo às seis para dar de comer e limpar a sujeira. Acreditem, não tem remédio melhor para a ressaca do que o cheiro das fezes dos bichos pela manhã.

Atravessaram um corredor e saíram por uma porta de fundos, que dava numa área externa. No centro, havia um alçapão.

— Vamos andando.

Desceram as escadas e saíram na sala de controle que Filipe conhecia pelas videochamadas. Um monitor full wall exibia uma imagem aérea da Ilha das Cobras, com sobreposições de riscos que delineavam a estratégia de invasão. No canto direito da sala, um holoprojetor estava suspenso em um suporte. Do outro lado, se estendia uma fileira de estantes de servers.

— Essa estrutura que você tem aqui, malandro, é de primeiro mundo — disse Osasco.

Filipe também ficou maravilhado, mas preferiu manter o silêncio. O terminal de Parça contava com seis monitores auxiliares, o de centro, feito de acrílico, se iluminou ao detectar a presença do dono, exibindo um protetor de tela com fotografias de uma reserva de mata atlântica das redondezas.

— E aí, Parça. Qual é o próximo passo? — perguntou Trixie.

Parça lançou um olhar distante em direção ao monitor de parede. Depois do sorriso cansado e do longo suspiro, voltou-se para o grupo e disse:

— Então, camaradas... quero anunciar minha aposentadoria.

●●●

A mesa estava posta. Os pesados talheres de prata reluziam sobre uma fina toalha de linho bege, que cobria a superfície de madeira polida. As saladas frescas nas cumbucas eram da própria horta de Parça. O prato principal era à base de lentilhas com creme azedo, feito com iogurte de leite de coco, acompanhado de cogumelos refogados, batatas e farofa de banana. A dra. Sueli estava ausente do jantar.

— Roberto, traz o vinho — disse Parça.

Roberto obedeceu. Voltou com uma garrafa de Malbec e serviu os convidados.

— Que o que fizemos inspire as gerações futuras — disse Parça. — Um brinde!

Os comensais ergueram as taças, exceto Filipe, que vestia uma roupa justa e brilhante, emprestada pelo anfitrião. Ele não acreditava no que acabara de ouvir.

— É isso o que você tem a dizer? Um brinde? Pois eu não vejo motivos para celebrar!

Osasco largou os talheres e fechou a cara. Terminou de mastigar e disse:

— Deixa a gente comer em paz, garoto.

Parça levou na boa.

— Entendo a sua frustração, camarada.

— O que te impediu de estar lá? Por que você não se juntou a nós?

— Questões de segurança e logística.

— Cê só sabe se esconder nesse jargão de pseudoliderança, seu burguês safado!

Parça engoliu a comida sem mastigar direito e respondeu com um leve sinal de irritação:

— Admiro sua consciência de classe, Filipe, mas vai me desacreditar só porque gozo de boas condições financeiras?

Muitas revoluções foram perpetradas por burgueses desiludidos com o egoísmo das elites.

— Você goza é de uma cara de pau sem tamanho.

— A comida vai esfriar — disse Osasco.

Filipe pegou a taça de vinho e saiu da mesa, mal tocando na refeição. Caminhou até uma área mais afastada do jardim e fumou em cadeia, dando piparotes nas guimbas na direção das plantas.

— Vai ficar aí a noite inteira? — perguntou Trixie.

— Esse Parça é um puta playboy! — disse Filipe.

— Isso é tão quinta série, Filipe. Você tá tirando conclusões precipitadas.

Filipe franziu a testa.

— Não viu como ele trata o criado dele, aquele tal de Roberto?

Trixie riu.

— Cê não tá concatenando as ideias direito, Filipe. Roberto é um androide!

Filipe arregalou os olhos.

— Porra, tá brincando?

— É um criado robótico de última geração.

Filipe coçou a cabeça.

— Bem que achei sua voz meio monocórdica.

— Você é um barato.

Filipe abriu a boca para responder, mas Trixie ergueu o dedo indicador e encostou em seus lábios. Ela cruzou a ponte taiko bashi e, antes de entrar na greenhouse, lançou um olhar insinuante para ele, que ficou ali por um momento, tentando decifrar o gesto. Queria ver o que mais aquela noite reservava a ele. Alcançou-a no corredor de plantas e a seguiu até a porta do que imaginou ser um depósito.

Seu apetite arrefeceu tão logo Trixie abriu a porta. A atmosfera na sala estava carregada de tensão, e Filipe não demorou a perceber o motivo.

— Eu quero morrer! — gritava Boca, sob os cuidados de dra. Sueli, seus olhos vitrificados.

— O que vocês querem aqui, catso?! — gritou a dra. Sueli, enquanto Boca se debatia em seu colo. — Saiam! Saiam!

# 7.

Um artigo publicado na prestigiada revista *Science* correlacionou o uso constante do neurolink à formação de coágulos no cérebro, gerando grande repercussão na comunidade científica e nas redes sociais. As pessoas estavam mais ligadas quanto aos efeitos colaterais da utilização prolongada dos headsets. A Sygma estava em maus lençóis. Outrora sinônimo de inovação tecnológica, a empresa se encontrava em uma encruzilhada para conter a onda de desconfiança que surgia ao redor de seu nome. Além disso, enfrentava a concorrência de novos wireheads que haviam surgido no mercado, os dynacogs, os intrapins, e o preferido entre os calvos e carecas, os neurowigs. Embora os movimentos favoráveis à retenção de dados mentais estivessem em alta, as novas startups disponibilizavam aos usuários uma opção de não armazenamento.

O uso indevido dos pensamentos dos cidadãos, através do Sisconda, revoltou a sociedade civil. Após instauração da "CPI dos trending topics da mente", a Sygma foi condenada a pagar uma multa bilionária ao Tesouro. A chapa presidencial teve seu mandato cassado, mergulhando o país em uma crise institucional de proporções históricas. O general Armando Frota assumiu a gestão interina, prometendo restabelecer a democracia popular.

Luís Salvani foi posto atrás das grades. Embora alguns dos leões de chácara de Aldrick tenham sido levados a julgamento, ele conseguiu se distanciar das práticas de vivissecção humana descobertas na Ilha das Cobras. O diretor-executivo da Sygma tinha se safado da punição.

•••

Havia algo de religioso em tornar-se off-line. O deslogado era o novo asceta, buscando transcendência na renúncia. Filipe estava indo bem nisso de evitar a web, tentando desfrutar ao máximo a liberdade de poder andar tranquilo pelas ruas. Livrar-se das falsas acusações que sujavam sua ficha foi como tirar um peso das costas. O advogado designado por Parça tinha feito um bom trabalho.

Numa tarde cinza, Filipe decidiu fazer uma visita a Boca, que estava internado em uma clínica psiquiátrica em Pinheiros. Desde que sua família recebera o repasse das indenizações do governo, o amigo passava por um intenso tratamento, sendo submetido a constantes exames e terapia com estimulação elétrica.

A visita foi desgastante, e Filipe saiu da clínica deprimido. Essa tristeza o levou a quebrar o longo jejum sem conectar-se à Bolha. O passado em que a rede havia sido parte integral de seus dias parecia pertencer a outra vida. Havia uma enxurrada de solicitações de amizade pendentes. No limbo das mensagens, propostas revolucionárias, convites para dar palestras. Até Dani tinha se lembrado de sua existência. Uma editora manifestou interesse em publicar sua história em forma de autobiografia, a ser escrita por um ghost-writer. Estava inclinado a recusar a oferta. A ideia de exposição tinha se tornado um tormento para ele, e a questão financeira não estava pesando tanto assim. Parça tinha acabado de quitar as pendências com ele.

De noite, a frente fria chegou à capital paulista. Filipe vestiu seu bombojaco amarelo com listras refletivas, que era como uma segunda pele. Mistura de capa de chuva com armadura, impermeável e corta-vento, era perfeito para andar de board e estiloso para o rolê. Ele saiu a pé. Queria buscar algo para comer, sem pressa.

Convidado pela grande fonte artificial e pela música biwa, entrou num restaurante no bairro da Liberdade. Fez o pedido, inseriu a digital na leitora de dados e esperou que o valor fosse debitado da conta. Acomodou-se atrás de um biombo sanfonado do Monte Fuji. Tomou cerveja assistindo ao sushiman manipular um atum desmaiado, cortado em lâminas grossas. O prato que chegou à mesa imitava um barco. Engoliu a porção sugerida para dois e carcou no wasabi e no shoyu, para disfarçar a má qualidade dos pescados. O arroz parecia colado. As algas estavam molengas. O sushiman era indiano.

Meia-noite e quinze. Cedo para uma sexta-feira. Colou no Chernobyl. Quem sabe Trixie não estivesse lá. Se a visse, diria *eu te amo*, sem ter certeza. Quem sabe um riso não significasse um *eu também*.

No subterrâneo, uma banda mal ensaiada se apresentava. Filipe subiu no meio da segunda música e pediu um litrão. Um cara de cabelos spike e uma tampa de enxaguante bucal enfiada no lóbulo da orelha fez questão de pagar para ele.

Filipe andava meio sem saco com essa ceninha da Liba. Pensou em sair fora, mas o Chernobyl, embora não fosse o melhor lugar para ir, talvez fosse o menos pior.

Ele se sentou sozinho no canto escuro e fedendo a mijo onde conhecera Trixie. Um homem se aproximou, e ele estava com sete pedras na mão.

Era Osasco, segurando um copo e uma garrafa.

— Nunca imaginei que te trombaria por aqui — disse Filipe, abrindo um sorriso.

— Sou do samba, mas também sou punk — disse Osasco, puxando uma cadeira e apertando a bituca no fundo do cinzeiro de plástico.

— Pensei que cê ainda estivesse lá no sítio.

— Quem me dera.

Filipe contou que visitara Boca, e que foi triste tê-lo visto em estado vegetativo. Culpou Parça.

— O Parça é um puta boy, dããã... se continuar com essa porcaria, eu me levanto e procuro uma mesa mais agradável.

— Acho engraçado você levar isso tão pro pessoal.

— Reveja seus conceitos. Ninguém escolhe o berço onde vai nascer. A gente só pode escolher de que lado quer lutar.

— Ah, por favor, Osasco. Me poupe dessa filosofia barata. Eu é que vou procurar uma mesa mais agradável.

— Ganhamos uma grana. Jogamos a merda no ventilador e saímos vivos. O mundo está de olho no que está acontecendo no Brasil. O que mais você queria?

— Sei lá. Só quero tomar minha cerveja sossegado.

Filipe enxugou o copo.

Osasco fez o mesmo e tornou a reabastecê-los.

— O Parça é gente fina. Se todo magnata fosse daquele jeito, o mundo seria bem melhor.

Filipe crispou os lábios.

— Por que ele quer encontrar um novo admin?

— Vai ver que se cansou.

— A Zona Livre vai acabar?

— A Zona Livre é um constructo. É maior que o Parça. Talvez um novo Parça ocupe seu lugar.

— Você se candidata?

— Nem fodendo.

Deram risada. O papo fluiu e o tempo pareceu voar. Filipe puxou a saideira e se despediu.

— Ei, garoto — disse Osasco — vê se não some. Te considero como um filho.

Filipe assentiu e saiu do bar emocionado. Queria ter ficado, mas precisava tomar um ar. O sushi não havia caído muito bem.

A noite estava nublada. A lua era um borrão brilhante. Um catador de lixo eletrônico empurrava um carrinho de supermercado pela Rua Galvão Bueno. Fazia tempo que Filipe não cambaleava pela Liberdade, concentrado apenas no objetivo derradeiro de mover o corpo em segurança até sua casa.

Por um breve momento, numa esquina escura, Filipe confundiu um sem-teto com o Experimento 32. Atravessou o portal torii do Viaduto Cidade de Osaka e se apoiou na grade de proteção, observando o fluxo de carros e autotáxis que cortavam a Radial. Uma pomba pousou nas proximidades, sondando uma lasca de brita com o bico. Filipe vomitou na calçada. Assustada, a pomba voou para cima de um ar-condicionado. Ele deu uma olhada para a câmera de monitoramento do portal torii e se mandou aos tropicões, antes que alguém aparecesse para incomodar. Estava preocupado por não ter compromissos no dia seguinte. As correrias o mantiveram distraído das merdas mal resolvidas consigo, e ele tinha medo que elas voltassem à tona.